Kasumi & K…

立花吉野

Yoshino Tachibana

EB

エタニティ文庫

目次

結婚なんてお断りです！
～強引御曹司のとろあま溺愛包囲網～

1

「お見合いなんてしないから！」

怒りのままに叫んだ瀬村花純は、運転席に座る母、明美をギロリと睨む。ハンドルを握る明美は、悪びれたふうもなくケラケラと笑うばかりだ。それがまた腹立たしい！

母が駅まで送ってくれると言いだした時点で、疑うべきだった。

いやいや、おかしいとは思っていた。

明美がめずらしくばっちりメイクにおしゃれをしているから、不思議には思ったのだ。

せめて、そこで気付いていれば。

車は駅前へ続く国道を逸れて、高級店の並ぶエリアへと向かっていく。

「いいじゃない。お見合いって言っても、そんなに堅苦しいものじゃないんだって。ほら、皆でお食事会？　そんな感じ。ちょっと会うだけよ～」

「絶対会わないから！」

「恵子ちゃんの会社の取引先の御曹司なんだって。次男坊。すごいイケメンらしいわよ～」

明美の妹である夏川恵子は、小さいながらも会社を経営している。デザイン関係だと聞いているが、具体的にどんな仕事なのか花純は知らない。だから、御曹司がどの程度の御曹司なのかも想像がつかなかった。

ただ、御曹司に自分がつりあわないということだけは、はっきりしている。

それに、別の日ならまだしも今日はダメだ。大事な予定がある。

「絶対会わない。車降りるから止めて！」

「ダメダメ～。だってお見合いは今日なんだから。今更お断りできないでしょ？　相手にも失礼よ」

「わたしの了解もなしに引き受けるほうが悪いんでしょ⁉」

「だって花純、事前に言ったら絶対『うん』なんて言わないじゃない。ホテルの高級ランチよ？　皆でお食事するだけだから。食べるだけ、ね～？　恵子ちゃんにお年玉もらったじゃないの～、恩返しだと思って。会うだけ、ね～？」

今ほど、明美の間延びした話し方を腹立たしく思ったことはない。

お年玉なんて、いったい何年前の話をしているのだろう。

そんな昔のことまで持ち出して！

「恵子ちゃんも、お見合い相手が見つからなくて困ってたんだって～。取引先の社長夫人に『いい子はいないか』って声を掛けられたら、そりゃね～、恵子ちゃんが必死になる気持ち、花純だってわかるでしょ？　助け合いじゃない～」

取引先の社長夫人の頼みなら、恵子が必死になるのもわかる。

わかってしまう……「助け合い」なんて言葉に乗せられそうになる自分がまた憎らしい。

「……叔母さんの事情は知らないけど、お母さんはホテルのランチ食べたいだけじゃないの!?」

「それもある～」

鼻歌でも歌い出しそうな明美がハンドルを切り、車はホテルの駐車場に吸い込まれていった。

花純はこれみよがしなため息をついて、助手席のシートに後頭部を思いきり押し当てる。

（今日はreach（リーチ）さんに会う約束なのに……！）

彼との待ち合わせは、午後三時。

場所は、駅ビル前にある天使の銅像前。

腕時計を確認すると、短針と長針が、ちょうど十二の文字の上で重なろうとしていた。

約束より早めに家を出て、少し周辺をぶらぶらして気持ちを落ち着かせようと思っていたのに。

お見合いの状況次第では、約束に間に合うかどうかもわからない。

「大丈夫、わかってるわよ～。今日はデートなんでしょ？」

「デ、デートじゃないからっ……！」

「嘘だ～、そんなにおしゃれして！」

そうだ、花純は今日おしゃれしている。ここ数年で、一番服装に気を使った。

ミモレ丈のフレアスカートは甘すぎないグリーンで、オフホワイトの春ニットで地味顔が明るく見えるよう調整した。夜の冷え込みに備えてカーディガンを肩にかけ、足元は男性よりも背が高くなって自尊心を傷付けないように配慮した五センチヒールのパンプスだ。この日のために、バッグだって新調した。

クセのきつい髪はサイドでまとめて、パーマ風に見えるようにアレンジした。うまくいかなくて何度もやり直して、上げっぱなしの腕がだるくなったくらいである。

雑誌とネットの力を借り、枯れかけの女子力を総動員して、地味な自分なりに頑張った。

そう、頑張った。それは全部、彼のためだ。

さすがに年齢も顔も本名すら知らない相手に、運命を感じてどっぷり恋をしているわけではないけれど、毎日の彼とのやりとりが自分にとって大事な心の栄養で、そんな彼を好きに……なりかけている。

彼から「会いたい」と言われたときには、年甲斐もなくドキドキして眠れなくなった。

その人に、今日会うのだ。

ハンドルネームはreach731。

たぶん男性、たぶん都内在住。

たぶん、素敵な人。

彼のために、おしゃれをした。

なにがいけない。

「このおしゃれは、お見合いのためじゃないんだから……！」

図星をさされて顔を熱くした花純に、駐車場の一画に車を停めた明美が笑いかける。

「今日の花純すっごく可愛いわよ～。似合ってる似合ってる。大丈夫、ランチが終わったら、ちゃんと約束の場所まで送ってあげるから。だから、ね～？　お見合い、行ってくれるでしょ～？」

二十五歳にもなって母親にきっぱりノーと言えない性格は、花純自身も問題だと思っている。

けれど、叔母の立場や、お見合いのために高級ホテルにやって来る御曹司に無駄足を踏ませるのは悪い気がして、花純は投げやりに頷いてしまうのだった。

「こちらが、姪の瀬村花純です」

「はじめまして」

叔母の恵子に紹介されて、花純はゆっくりと頭を下げた。テーブルを挟んで向かい合うのは、いかにもなギラギラしたお金持ちではなく、優しげで品のいいご婦人だった。

だけど、そのマダムの隣には――誰もいない。

「まぁ、可愛らしいお嬢さんだこと。ごめんなさいね、本人が遅れてしまって。息子も、もうすぐ着くと思います。私、母の泰子です。どうぞ、お座りになってください」

「失礼します」

面接のような緊張感だ。

泰子のやわらかな笑顔に、花純はぎこちない作り笑いで応じることしかできない。

高級ホテルのレストランの雰囲気と、周囲からの視線にすっかり呑まれていた。見られている。他のテーブルから、チラチラと視線を感じる。

お食事会みたいなものだと明美は言ったが、マダム三人に囲まれた花純は、やっぱり少し浮いている。周囲にはいったいどう見えているのだろう？　哀れな生贄？　歳の差女子会……には、見えそうにない。

花純の左側に座る恵子が、思い出したように口を開いた。

「花純は、今年二十六歳になるんですよ」

「あら、だったらうちの息子のほうが少し上ね。あの子は今年三十になるんだけれど、花純さんは、四歳の歳の差は、平気？」

「は、はい……」

愛想笑いで、いったいどこまで乗り切れるだろう。

帰りたい。帰りたい、今すぐに。

「夏川さんにお願いしてみて、本当によかったわぁ。こんな素敵なお嬢さんを連れてきてくれて。それで、花純さんは、今はお勤めしてらっしゃるのかしら？」

「はい、服飾系の会社で、営業事務をしています」

「あら、そうなの。うまくお話がまとまったら、うちの会社に来てもらえそうね」

「まぁまぁ、舘入商事さんからの引き抜きなんて大それたお話を」

花純の耳には、泰子と恵子の「ほほほほほ」というセレブな笑い声など、まるで入ってこない。

「……舘入……？」

舘入商事といえば、大企業だ。

はじまりは呉服屋だったというが、時代の変化に合わせてブランドを多数展開し、幅広い客層から支持を得た結果、今や日本だけでなく海外にも店舗を構えている。近年はウェディング関連の事業が大化けして、業績は不況のアパレル業界のなかでは異例の右肩上がりだ。

（叔母さんの会社、そんなオバケ企業と取引があるの？　っていうか、わたしが今からお見合いする人って、舘入商事の御曹司……!?）

急に口のなかがカラカラに渇いてきた。

（そんな御曹司とのお見合いに、父親が係長止まりのド庶民の娘連れて来てどうするの!!　つりあうわけないじゃん！）

グラスの水を、一気に半分ほど胃に流し込んでみる。

それでも動悸が止まらず体が熱い。グラスのなかでくるくる回る氷を貪りたい衝動に駆られた。

ガリガリ音をたてて、氷と一緒にこの緊張を噛み砕いてしまいたい……

「ふふふ、お腹が空いてしまったわよね。先に、お食事をはじめましょう」

大企業の社長夫人の提案で、すぐに華やかな懐石料理が運ばれてくる。

こんなときでなければ、スマホで写真を撮っておきたいくらい可愛い盛り付けだ。

お刺身は花のようにくるんと巻いてあり、てんぷらは衣ひかえめでエビの赤が透けている。たけのこの炊き込みご飯に、花型の生麩が浮いたお吸い物。うるうるの胡麻豆腐も、焼物も、煮物も、どれもこれもがキラキラしている。

「美味しそう」

ほぼ同時に、年齢も立場も異なる四人の女が口を開いた。

料理の味や、彩り豊かな盛り付けについての感想を言い合いながら、食事は和やかに進んだ。泰子が気さくに、「私は今でいうと、〝メシマズ〟なのよ」と自らの失敗談を披露してくれたおかげで、花純の緊張もいくらかほぐれてランチを楽しむことができた。

そして食事が終わり、四人の前に食後のコーヒーが運ばれた頃だった。

入り口から、背の高い男の人がフロアスタッフに案内されて入ってくるのが視界の端に映った。

きりっとした美形だ。

黒髪と切れ長の目が涼しげで、ちょっと冷たそうな雰囲気。しかし黒のパンツに白のカットソー、黒のジャケットを合わせた装いは、カッチリしすぎず、落ち着きがあってかっこいい。

(モデルさんみたい……)

雑誌の撮影中です、と言われたら、信じてしまいそうだ。

クールな印象と、どことなく漂う上品さに目が離せなくなる。気付けば、ぼーっと彼を視線で追ってしまっていた。

その彼が、なぜか花純たちのテーブルの前で立ち止まった。

「遅れて申し訳ありません」

「あらあら、どうして今日はスーツじゃないの。そんな格好で、失礼だわ」

「今日は予定があるので。それで、どなたが？」

彼の視線は、テーブルの片側に並ぶ、恵子、花純、明美の三人を順番に辿ったあと、花純の上で止まった。

イケメンと視線が交差して、思わずドキリとしてしまう。

「あらいやだわぁ！　私たちみたいなオバサンがお見合い相手なわけありませんよ。お上手なんだから。こちらが、ご紹介したい瀬村花純です」

(イケメン御曹司!!)

目の前にいる彼こそが、お見合い相手のようだ。緊張で、背筋がピンと伸びる。

彼は涼しげな表情を崩さず、おもむろにジャケットの内側へ手をやった。

「はじめまして。舘入です」

レザーの名刺ケースから名刺を差し出され、慌てて立ち上がり両手で受け取る。

舘入商事のロゴ入りの名刺には、名前の他に、社用のメールアドレスと携帯番号が書いてある。

名前は『舘入利一』。フリガナはない。

（たていり、としかずさん、かな？）

「ありがとうございます。瀬村花純です。すみません、今日は名刺を持ってなくて……」

「ああ、必要ありません」

チクリと棘（とげ）を感じる。そういえば、この御曹司は登場してから愛想笑いすら浮かべていない。

遅れてきたわりに、随分な態度ではないだろうか。

（相手が叔母さんの取引先の人だから言わないけど……ちょっと感じ悪いなぁ……）

微妙な空気が流れはじめた場をとりなすように、泰子が笑いかけた。

「あなたが遅いから、お食事は終わってしまったのよ。なにか飲む？」

「いえ、結構。このあと予定があるので、手短に済ませたいのですが」

「それでしたら、さっそく若い方だけでお話ししていただいてはどうでしょう？」

恵子は提案し、泰子と明美を店外へと促（うなが）した。

「そうですね。花純さんと、ちゃんとお話ししてね」

息子に釘を刺した泰子のあとを、もはや空気と化した明美もついていく。

花純は「ノー」の一声をあげる隙もなく、舘入商事の御曹司と取り残されてしまった。

どうしよう。チラッと御曹司を見上げると、彼はため息をつきながら腰を下ろし、渋々といった様子で「コーヒーを」と注文を済ませた。

（なんだろう……困ってる？）

イケメン御曹司の眉はぎゅっと中央に寄っているが、怒っている様子ではない。

もっと、困惑に近いなにかが彼の秀麗な顔には浮かんでいた。

（いや、でも、こっちだって困ってるんだけど……）

彼がこのお見合いに乗り気でない様子は、ひしひしと伝わってくる。

花純とて、強引に連れてこられただけで乗り気でないのは同じだけれど、ここまであからさまな態度を取られるとさすがに少し傷付く。

（なんか、わたしがイマイチだから乗り気じゃないみたいで、ちょっとヘコむ……）

相手がずば抜けたイケメンなだけに、自分の地味な容姿が気になって仕方ない。

それにどうやら自分は今日、異性からの反応に過敏になっているらしい。

これから会う『彼』によく思われたいなんて自分の下心に気付いてしまい、気まずさばかりか余計な恥ずかしさまで込み上げてくる。

「瀬村、花純さん……でしたね」

「はいっ」

「あいにくですが、あなたと結婚する気はありません」

「……はい？」

「お見合いに来るのは、皆同じだ。舘入の家名と、金が目当ての女性。そういう人と、結婚する気はないんです。あなたもどうせ、楽して贅沢な暮らしがしたいだけの専業主婦志望というやつだろう？」

彼の口ぶりには、あからさまな侮蔑が滲んでいた。

お見合いにやってきた女の人たちを十把一絡げにして「金目当て」と決めつけて、馬鹿にしているのだ。しかもそれを隠す気もない。

反発心が膨れあがった。これまで彼がどんな人たちとお見合いをしてきたのかは知らないが、少なくとも花純はそんなつもりでここに来たわけではない。

「いいえ、わたしはっ」

「取り繕わなくても、今の状況が物語っている。遅れてきた俺を一時間も待っている時点で、舘入との結婚にしがみ付いているのは明らかだ」

「しがみついてなんて！」

「随分気合いを入れてきておいて、しがみついていないとでも？　その服、おろしたてだろう。靴も、バッグも。見合いのために新調したんだろう？　気付かれないと思ったのか」

「――っ、これはっ……！」

「舘入に相応しい令嬢を意識したんだろうが、成功とは言えないな。あまりにも地味だ」

カァッと花純の顔が熱くなった。

心臓にガラス片が突き刺さったみたいに、体の奥がズキズキする。

この人は、どうして初対面でこんなひどいことを言うのだろう。

地味だなんて、自分でもわかっている。

だけど、今日だけはそんなふうに言われたくなかった。

だってこれから、大切な人と会うのだ。そのために調べて、悩んで、時間をかけた。

なのに。

あまりにも地味——その一言で、全部、台無し。

「このお見合いは、こちらから断りを入れておくから、そのつもりで」

なんだ、この男は。

人の話は一切聞かず、自分の偏見を押し付けて話を終わらせようとするなんて。

花純が地味で気に入らなかったとしても、こちらの話を聞いてくれれば、『お互い、お見合いなんて押し付けられて大変でしたね』と和やかに終わることもできたはずだ。

お見合いに遅刻してくるような失礼な男を待っていたのは、叔母の顔をたてたから。

泰子の話が楽しかったから。料理が美味しかったから。

この男のためじゃない！

これから大事な予定があるというのに、人の心を土足で踏み荒らしておいて、無傷で帰れると思ったら大間違いだ!

「……こちらからも、お断りしておきます」

「なんだって?」

いつもの花純なら、絶対にこんなふうに言い返したりはしない。

だけど彼は、よりにもよって今日、特別仕様の花純にケチをつけたのだ。

このまま黙って引き下がってやるものか。

「わたしだって、あなたとは結婚したくないと言っているんです。あなたのお母様はとても優しくて、楽しくて、素敵な方でした。ご子息がこんな人だなんて、信じられない」

こんな傲慢(ごうまん)で冷たい男、いくらお金持ちでも願い下げだ。

「わたしにだって、結婚相手を選ぶ権利くらいあります。あなたみたいな人とは、たとえ一生安泰(あんたい)の生活ができても結婚したくありません。それに! あなたが遅れた時間だけど、一時間じゃなくて、一時間十五分ですから!」

彼はやや目を瞠(みは)ったが、なにを思ったのか「ハッ」と鼻で笑った。

淡々としていたときより花純を見る目は感情的になっている。しかし、その感情はプラスへ転じることなくどこまでもマイナスのまま突き抜けていったらしい。

「たかが十五分で目くじらを立てるほど、結婚を焦っているわけか」

「お言葉ですけど、十五分の遅刻といえば、普通の会社なら大目玉ですよ。ああ、もしかして、遅刻を注意されたことなんてなかったのかな。温室育ちで結構なことですね」

自分でもびっくりするほど、切れ味鋭い言葉だった。

それを受けて、目の前の御曹司は不敵に笑みを深めていく。しかし、その目は一切笑っていない。

「なるほど。いつもの見合い相手より、多少見所はあるらしい」

——『いつもの見合い相手より』『多少』『見所はあるらしい』？

この、とことん人を見下す心理は、どこからくるのだろう。

（お金持ちって、皆こうなの？　信じられない！）

性格が歪んでいるし、付き合いきれない。

今すぐ、このいけ好かない御曹司のいない空間に行きたかった。

バッグを掴んで椅子から腰を浮かせた花純に、彼は最後の問いだというふうに声をかける。

「君は、どうしてここへ来たんだ。条件のいい男を捕まえて、悠々自適の暮らしをしたいと思ったんじゃないのか？」

ため息を禁じ得ない。

きっと、彼の頭のなかには、夫婦共働きでも幸せだと感じる女なんて存在しないのだろう。

女は、与えられるだけの無力な生き物だとでも思っているのかもしれない。

「男に頼るだけが女じゃないって、覚えておいたほうがいいですよ」

さすがに面食らったのか、彼は呆然としていた。

「ああそうだ。お食事、美味しかったです。ごちそうさまでした!」

突きつけたお礼を彼が受け止めきらないうちに、スカートをひらめかせてレストランを出た。

お腹の奥ではまだいらだちの炎がくすぶっていたけれど、彼の顔を見るに、自分がなかなかいいカウンターパンチをお見舞いしてやったことは間違いないはずだった。

叔母の恵子には申し訳ないが、御曹司をやり込めた気分は、悪くない。

2

——天使の銅像前。

腕時計を確認すると、時刻は午後二時五十七分。

ギリギリの到着になってしまった。

ホテルを出てから、約束の駅前まで明美に送ってもらった花純は、駅ビルのショップに飛び込んでワンピースを購入した。駅ビルのトイレで新調したワンピースに着替え、化粧室でメイクをなおし、脱いだ服はショッパーに入れてコインロッカーに放り込んだ。

白地に小花柄のワンピースは、いかにもデート向きで少し恥(は)ずかしいけれど、あのままの服でいたくなかった。

あんな最低御曹司の言葉、気にする必要はないとわかっている。

でも、どうしても気になってしまったのだ。

十人並みの容姿は今さらどうしようもないのだから、せめて、服だけでも。

（あんな御曹司にどう思われようと気にしないけど、reach さんには……）

――顔も名前も知らない相手。

けれど、失礼極まりない男に『地味だ』と言われたことを気にして、新しい服を買ってしまうくらいには、reach731 からの印象をよくしたいなんて思っている。

ＳＮＳで知り合った異性に恋するなんて、あり得ないと自分に言い聞かせてきたけれど。

気合いを入れたおしゃれ。新調した服。彼がどんな人か想像して、なかなか寝付けなかった昨夜。

これが恋じゃなかったらなんだろう?

ブワァッと顔が熱くなる。

(ダメ、考えない! 余計緊張しちゃう!)

花純は前髪を指先で整えながら、うるさい自分の心臓から意識を逸らすように周囲を見回す。

天使の銅像周辺は、人だらけだ。

(ここで待ち合わせする人、こんなに多いんだ)

目立つ場所だから、待ち合わせスポットとしても人気なのだろう。

誰もがスマホを片手に、時間を潰したり連絡を取ったりしながら相手を待っている。

誰が reach731 なのか、見当もつかない。花純もバッグからスマホを取り出した。

SNSアプリの、オレンジ色のアイコンをタップする。

花純のアカウント『jimiko(じみこ)』のホーム画面に、非公開の個人宛メッセージの新着を知らせる赤いバッジがついていた。

(reach さんだ……!)

午後二時五十分に、reach731 からメッセージが届いていた。

『到着しました。着いたら、連絡ください』

慌てて返事を送る。

『お待たせしました。今、銅像の正面にいます』

『向かいます。黒のジャケットを着ています』

すぐに返事がきて、スマホを握る手が汗ばむ。けれど、緊張に呑まれている場合ではない。

銅像の正面には、花純を含めて十人ほどの女の人がいる。見つけてもらうためには、こちらもなにか目印になる特徴を知らせなければ。

『わかりました。こちらは――』

入力していた花純の手が止まった。

銅像の裏手から、ついさっき会ったばかりの御曹司が現れたのだ。

間違いない。舘入利一だ。

(うわっマズイ!!)

絶対会いたくない相手が、どうしてここに！

隠れなければ。顔を合わせるのも嫌だ。

それに、彼の一言を気にして着替えたなんて知られたくない。

慌てて人の波に紛(まぎ)れ、彼がやってきたのとは反対側から銅像の裏手に回り込んだ。

(なんであの人がここにいるの!?　もうっ……いや、それよりreachさんに返事！)

『すみません、銅像の裏手に移動しちゃいました。ベージュのバッグを持っています』

『了解です』

『お手数をおかけします。待ってますね』

舘入利一と鉢合わせるのではないかという緊張と、reach731とこれから会うというドキドキが混ざり合って、鼓動がどんどん加速していく。

もう一度前髪をなおして、銅像の向こうからやってくる人に意識を向ける。

約束の彼は、黒のジャケット。しかし花純の側にやってくるのは開襟（かいきん）シャツ、Tシャツ……黒のジャケットは定番の服なのに、なかなかいない。男の人は四月はじめのこの時期、結構ラフだ。

じっと銅像の周辺を注視していた花純は、「ひっ」と息を吸い込んだ。

またしても、あの御曹司が姿を見せたのだ。

(もう、なんでこっちに来るの……!!)

逃げ出したい！

だが、銅像の正面から裏手に移動したばかり。また銅像の正面に移動すれば、reach731にどんな印象を与えてしまうか容易に想像がつく。

きっと、落ち着きのない、ちょっとおかしな女だと思われる。間違いない。絶対そうなる。

あんな失礼な御曹司のせいで、reach731に悪印象を持たれるなんて悔しすぎる！

（なんでわたしがアイツから逃げ回らないといけないの！　知らない。そう、こっちが避ける必要なんてない。あんな傲慢（ごうまん）な御曹司、無視しとけばいいだけ）

さっきあれだけやりあったのだから、向こうだってわざわざ声なんてかけてこないだろう。

花純はできるだけ顔をあげないようにしながら、祈るような思いでスマホ画面を見つめた。

早く、reach731と合流してこの場を離れたい。

『今、銅像の裏手にいます』

はっとして、花純は素早く視線を周囲に走らせる。

reach731の特徴は、黒のジャケット。

軽装の若者が多く、ジャケットを着ているのは一人だった。

舘入利一だ。

目が合った。

「っ……！」

首がもげそうな勢いで目を逸らす。

（なんで被っちゃうかな……！）

待ち合わせ場所、そして黒のジャケットまで被るなんて。

御曹司なら御曹司らしく、こんなカジュアルな場所ではなくて、高級ホテルあたりで待ち合わせてほしいものだ。

それに、舘入利一を一目で見つけてしまう自分にも腹が立つ。

彼が目立つからいけないのだ。背が高く、すらりとしていて、顔もいい。奇抜な服装でもないのに存在感がある。認めざるをえない、彼はとびきり見た目がいい。

それがまた、どうしようもなく悔しいけれど。

スマホに、reach731からのメッセージが表示される。

『ベージュのバッグ以外に、なにか特徴はありませんか?』

彼も花純を探してくれているようだ。さっき確認した範囲に黒のジャケットは舘入利一しかいなかったけれど、きっと近くにいるのだろう。一刻も早く、見つけだしてもらわなければ。

『白地に、小さな花柄のワンピースです。すぐにわかると思います』

はじめから服装を伝えておけばよかった。

ざっと見たなかでは、同じような白のワンピースを着ている女の人はいない。

返信すると、すぐにこちらへ向かってくる靴音を感じた。

(来たぁ……!)

俯(うつむ)いた視界に映る靴はまだ新しく、品がいい。

すらっとした脚を包む、黒のパンツ。

画面越しにしか感じられなかったreach731の存在が、いよいよ現実になっていく。

どんな人だろう？　顔は？　歳は？　オジサンだったら、見た目がダメなタイプだったら――いいや、人間は見た目じゃない。長く続いたSNSのやり取りで、彼が大人で優しい人なのはよくわかっている。外見やステータスなんて関係ない。きっと今日は楽しい日になる――

花純は、じりじりと顔をあげた。

「…………っ!!」

そこにいるのは、険しい顔をした舘入利一。

傲慢な御曹司が、花純の目の前に立っている。

いったいなぜ？　まさか、さっきのリベンジに来た？

「……jimikoさん？」

「…………!?」

少し低い声が、戸惑いを滲ませながら花純のハンドルネームを口にする。

嘘、まさか。どうしよう。

頭のなかが真っ白になる。口の端がピクピク痙攣していた。

そんな馬鹿な。だって彼は。

「……舘入、としかず、さん、ですよね……？」

「いや、利一（りいち）です」

りいち……？

目の前の御曹司は、手に持っていたスマホの画面を花純に見せる。

表示されているのは、さっきまで花純とやりとりしていたＳＮＳのメッセージ画面。

アカウント名は、reach731……

「……reach……なな、さん、いち、さん……？」

「……はい。舘入利一、七月三十一日生まれ」

「っ……!?」

名前、としかずじゃなかった……！

（あ、この人また〝いいね〟押してくれてる。reach731さん……）

頻繁（ひんぱん）に映画の感想を投稿する『jimiko』のフォロワー数は三百程度だ。

飛びぬけて多いわけでも、泣けるほど少ないわけでもない。

映画の感想に、毎回反応をくれるアクティブなフォロワーもいれば、『その映画ちょっと気になる』の付箋（ふせん）がわりに〝いいね〟を押してくれる人もいる。

インターネット上には、花純より映画好きの人間がごまんといる。

共通の趣味を持つ人々は、会話せずとも自然と繋がりあうもので、そのなかにreach731がいた。

彼は公式情報を中心にチェックしていて、基本的に発言はしない。面白おかしく作品を辛口で評価するレビュワーとは関わらない姿勢は、繊細な人柄を窺（うかが）わせた。

（この人、どんな人なんだろう？）

reach731の存在を認識して半年ほどたった頃、彼がめずらしく映画の感想を投稿した。

『フォロワーさんの感想で気になって観に行った。すごくよかった』

一緒にアップされた写真は、恋愛映画のチケットの半券。

数日前に、花純が『好きな映画ナンバーワンかも！』と絶賛した映画だった。

日に二度しか上映されないような、マイナーかつ暗くて切ない大人のラブムービー。

万人受けする内容ではないので感想を投稿している人も多くない。

もしかして……

（そのフォロワーって、わたし？）

いやいや、考えすぎ。

そう思いつつも、彼を意識するようになった。

彼の好きな映画のジャンルは、マフィアものやハードなミリタリー系を除くアクションか、サスペンス。SNSのアイコンは空か海かわからない青い写真なので年齢も性別も顔も知らないけれど、reach731からの〝いいね〟が増えるたびに、少しずつ距離が縮まっていくような気がした。

『フォロワーさんが絶賛してたから観てみた。すごくよかった』

（あっ！　これ、絶対わたしだ！）

自意識過剰。そんな言葉が頭を過ったけれど、気付けば花純から声をかけていた。

いつしか、彼との毎日のやり取りが楽しみになっていた。

短文からはじまったものが、どんどん長文になっていき、毎日おはようとおやすみを言い合うようになった頃には、たぶん、花純は彼を好きになっていたのだと思う。

ときどき同じ映画館を利用していることが判明し、彼から『今度、一緒に観に行きませんか』と誘われた。『jimikoさんに会いたい』の一文に本気でドキドキして、枕に顔を埋めて、年甲斐もなくキャーキャー叫んでしまった。

返事を出すには勇気がいった。ネットで知り合った人と実際に会うなんて。同性ならまだしも、たぶん異性だ。なにかあったらどうしよう。変な人だったら？

そんなふうに警戒もした。会って、今の関係が壊れてしまうのも怖かった。

だけど、会いたかった。

会いたいと言ってくれた彼に、会ってみたかった。

一目惚れや憧れではなく、もっと、ピュアな恋だった。

そう、恋だったのに。

（それなのに……）

目の前に現れたのは、繊細で大人な reach731 のイメージとは対極にいるような、失礼極まりない御曹司。

「君が……jimiko さん……」

険しい顔の舘入利一。

モヤモヤする。自分のなかで、reach731 と性悪な御曹司が重ならない。重なってほしくない。

「着替えたのか……」

「っ――！」

お見合いの場での彼の言葉を気にしていることを指摘されたみたいで、悔しくて顔が熱くなった。

これ以上ここにいたくない。この人と、これ以上関わりたくない。

「し、失礼します……っ！」

「待ってくれ」

彼の隣をすり抜けようとして、大きな手に捕まった。剥き出しの素肌に、彼の手が触れる。

「やだっ、触らないでよ！」

「君が逃げようとするからだ」

「ちょっと、放してっ！」

「放さない。どうして逃げるんだ。やっと会えたのに――」

「はぁ⁉　やっと会えた⁉」

よくもそんなことが言える！

「自分がどんな態度で、なにを言ったか忘れたの⁉　さんざん馬鹿にしておいて！　どうせわたしは、あなたにとって話を聞く価値もないような地味な女なんだから、もういいでしょ！」

言ってから後悔した。

なんて卑屈な言葉なんだろう。『どうせわたしは』『あなたにとっては話を聞く価値もない』『地味な女』――それはブーメランのごとく花純の心に突き刺さる。

だけど、彼に、自分はその程度の人間だと痛感させられるような扱いを受けた。

傲慢で性悪な御曹司に気に入ってもらいたいなんて、これっぽっちも思っていない。

でも、reach731に対しては違う。

（なんで、この人なの……）

お見合い相手に偏見を押し付けて、冷たくあしらう御曹司が、彼だったなんて。

花純を『地味』と評した舘入利一がreach731なら、自分は、ほのかな想いを寄せていた相手に気に入ってもらえなかったことになる。

（ほんと、馬鹿だ……わたし、なに期待してたんだろう……）

reach731からの返事に一喜一憂していた日々が、粉々に砕けて崩れていく。

胸の中の大切な部分に、ぽっかりと穴が空いたようだった。

「……さっきは、悪かった」

カッとなって顔をあげたけれど、後悔を浮かべた彼の切実な瞳に、喉の奥で声がつかえた。

遠巻きに、クスクスと笑い声が聞こえてきた。周囲からの冷ややかな眼差しを感じると、自然と視線はアスファルトに向いてしまう。

混雑した待ち合わせスポットで口論になっている男女は、どれほど滑稽だろう。

彼がしおらしく引き留めてくるせいで、周囲の人たちには花純がへそを曲げて彼を振り回しているように見えているのかもしれない。

恥ずかしくて、顔もあげられない。

（みっともない……二十五にもなって、こんなふうに騒いじゃって……）

ここから立ち去りたい。けれど、体は鉛のように重く、足はピクリとも動かない。

この気持ちは、どう片付けたらいいのだろう？

信じられないくらい長文の映画話に付き合ってくれた。オススメの映画を教え合うときだって、彼は jimiko の好みを的確に捉えてくれて。いつまでも敬語のメッセージは、なんだか紳士的な印象で。深夜の返信からは彼の多忙な日常が窺えたのに、仕事の愚痴ひとつこぼさない。そういうところも、真面目な気質の表れだと思っていた。

穏やかで、優しい人だと信じて疑わなかったのに。

（わたし、reach さんのこと、なにもわかってなかったのかな……）

会いたい人とようやく会えたのに、腕を掴む彼をどこまでも遠く感じた。

「……店に入ろう。話したい。君と」

話なんてない。

そう思うのに、冷静に『話したくない』と主張できるほど心の整理もつかなければ、これ以上周囲の視線に晒され続けるのも限界だった。

花純を馬鹿にした御曹司とは思えない彼の態度にも、どんどん気持ちが追い込まれていく。

（ここにいたくない……）

花純の心を見透かしたように、大きな手が軽く腕を引いた。

「話を聞いてくれ」

腕を掴むつか彼の手は、いつの間にか雛鳥ひなどりを包むような緩やかな拘束に変わっている。

振り切って逃げることもできるのに、それができないのはどうしてだろう。

「……頼む」

話を聞かない御曹司の願いなど、聞き届けてやる必要はない。

けれど、彼の声があまりにも優しくて、逆らうことなどできなかった。

花純は今はじめて、reach731の声を聞いた気がした。

◆　◇　◆

歩道を渡って、チェーン店のカフェに入った。

注文も支払いもしてくれたのは彼だけれど、ボソボソとお礼の言葉を返すのがやっとだ。コミュニケーションを図ろうとしている彼の気持ちに応こたえられるほどの余裕はまだない。

カップに入ったカフェオレを受け取って、八割ほどが埋まった店内の、隅の小さなテーブル席につく。

通路側に座った彼が、荷物入れのカゴを花純のほうに滑らせた。

「……どうも」

花純はバッグをカゴに置き、話すことを避けるように俯(うつむ)いたままカップに口をつける。付いてきてしまったけれど、これからどうしたらいいのだろう。

混乱した頭のなかを整理するように、ちびちびとカフェオレを飲んでみる。

二人のどんよりした雰囲気のせいか、それとも彼の見た目がいいせいか、チラチラと視線を感じた。

「……jimikoさん」

「…………はい」

自分でつけたハンドルネームだが、声に出して呼ばれると、なんだか貶(けな)されている気分になってくる。

「さっきは、悪かった」

「…………」

「ホテルでのことは、忘れてくれないか。俺が悪かった」

テーブルの上に置かれた彼のコーヒーのカップをじっと見つめたまま、顔を上げられない。目を見なくても、彼の声から後悔の念は伝わってくる。

それはわかるけれど、返事のしようがない。

お見合いの場でのやりとりは、強烈すぎて、忘れることなどできそうにない。

「もう一度、やり直させてくれないか」

「…………」

隣の席の女子二人がコソコソと話している。洋楽のBGMに紛れて「彼氏の浮気かな？」「えー、私ならイケメンだし許しちゃうー」なんて声が聞こえてくる。隣の女子たちには、『浮気された彼女と、復縁を迫るイケメン彼氏』に見えるのだろう。全然違うのに。

「jimikoさん、頼む」

自分のなかで踏ん切りがつかない。だから、返事もできない。

こんな状態なら、帰ればいいのだ。お見合いの席では負けじと言い返して彼を残して帰ったのだから、この場でもそうしてしまえばいいのだろう。

けれども、そうするにも気持ちが割りきれない。

高慢な御曹司への憤りより、もっと大切な想いをreach731に抱いているから。

「許してほしい。頼む」

謝罪を繰り返す彼に、誠意を感じないわけではない。けれど……

――『あまりにも地味だ』

その一言が消えてくれない。

お見合いの席での彼の態度になにか理由があったとしても、その一言は、間違いなく花純自身に向けられたものだったから。

好きな人に、少しでもよく思ってもらいたくて張り切った自分が情けない。

言われたことを引きずって、謝罪も受け入れられずに、ウジウジと黙ったままの自分も、情けない。

ぎゅっと眉根を寄せた花純の向かいで、彼が対応に困り果てたような息を吐いた。顔もあげない花純を面倒に思って、いらだっているのだろうか。

「……すぐ戻る。だから、絶対にここで待っててくれ」

唐突に彼が立ち上がり、出口へ向かっていく。周囲の視線が彼を追う。

どこへ行くのかと花純も視線で追っていたが、彼は飲みかけのコーヒーも、もちろん地味な jimiko も置いて、店を出て行ってしまった。

(……行っちゃった……)

絶対に待っていろなんて言っていたけれど、きっと、もう戻ってこないだろう。

彼は、jimiko に愛想を尽かしたのだ。

(言い訳もせずに行っちゃったってことは、本当にわたしが気に入らなかったのかな)

「逃がした魚デカすぎー」

どん底を這う(は)ようなマイナスに振りきった思考回路から花純を現実に引き戻したのは、またしても隣の席の女子二人組のひそめた声だった。

彼がいる間じゅうずっとチラチラこちらを盗み見ていた彼女たちは、今は花純の態度を笑い合っている。

（まぁ、そうかもね……御曹司はともかく、reach さん……はぁぁぁ……）

カフェオレを飲み終わったら、何事もなかったかのように店を出よう。

（一人で、映画観て帰るかな）

今日は、reach731 と映画を観にいく予定だった。

アメコミが原作のアクション映画。

シリアスなサスペンスや激甘のラブロマンスの選択肢もあったけれど、ラブシーンがあったら反応に困ってしまいそうだったから、前評判のいい健全なアクション映画を花純から提案した。

楽しみだと言ってくれて、座席の予約も彼が買って出てくれた。ポップコーンは大きいサイズを買って分け合おうなんて話していたあのやり取りは、いったいなんだったのだろう。

願望？　妄想？

――花純は大学二年のときに派手に失恋して以来、彼氏いない歴を更新し続けている。

その結果、いよいよインターネットで知り合った相手に、自分に都合のいい夢を見ていたのだろうか？

（素敵な人だと思ってたのに……ほんと、なに期待してたんだろう）

頭を空っぽにして店内に流れるBGMを二曲ほど聞き、花純がバッグに手を伸ばそうとしたとき、店に客が飛び込んできた。慌てて飛び込んできた人物は――

「えっ――」

舘入利一。息を乱した御曹司が、戻ってきた。

彼はズンズンと花純のテーブルに接近し、当然のように向かいに座る。

（どうして戻ってきたの……？）

困惑する花純をよそに、彼はジャケットの内ポケットに手をやり、映画のチケットをテーブルに置いた。

そして、カフェを出ていくときには持っていなかったピンクのショッパーを、チケットの隣に並べる。

「……はじめまして、舘入利一です」

「…………え？」

「今日、jimikoさんと会えるのを楽しみにしていました。映画のチケットは発券済みです。席は、中央寄りの左側」

「え、あの……？」

「前寄りの席は首が疲れると前に言ってただろう。もし、もっと中央の席がよければ、一駅先の映画館で十六時三十五分からの上映がある。そっちへ観に行ってもいい。今ならまだ、座席の予約も間に合う」

「いや、あのっ」

「それとこれ。受け取ってください」

戸惑う花純に、彼はテーブルの上のショッパーをぐいと差し出した。

彼はなにをしているのだろう。

改めて名乗って、映画の座席の話をして。

まるで、今、はじめて会ったみたいに。

――もしかして、彼は、二人の出逢いを一からやり直しているつもりなのか？

銅像の前で合流したばかりの、はじめましての jimiko と reach731 を演じている？

（でも、なんで……？）

「似合うと思う」

また、彼が花純のほうへショッパーを押した。

「君に、受け取ってほしい」

疑問だらけだったが、あまりにも彼が真剣な目をしているから、突っぱねることができなかった。気圧(けお)されて、黙ってショッパーを開く。

（服……？）

ショッパーの中から出てきたのは、ベビーブルーのカーディガン。

丸っこい、花型のビジューボタンが目を惹く可愛いデザインだ。

「さっきはカーディガンを持ってたのに、今は持ってないだろう。映画館は冷える。

使ってほしい」

確かに、お見合い会場で会ったときは映画館の冷房や帰宅時の気温を考えて、カーディガンを羽織っていた。しかし、このワンピースには合わないから、脱いだ服と一緒にコインロッカーに放り込んできたのだ。

(それに気付いて、わざわざ買いに行ったの……？)

だけど、どうして——？

「許してもらえないか、jimikoさん」

突然のプレゼントに、初対面を装ったやり取り。

許しを求めての行動だと理解はできるけれど、どうしてそこまでするのかわからない。

「……あの、どうして、わざわざこんなことを……？　ここまでしなくても……」

「どうして……？　君が好きだからだ」

「っ——!?」

きゃっ、と隣の席の女子二人が小さな歓声をあげていたが、言われた花純はそれどころではない。顔に熱が集まり、心臓がバクバク跳ねる。

「君が好きだから、必死になる。それ以外に理由なんてないだろう」

「なっ、なに言ってるんですか⁉」

「気付いてなかったのか？　本気で？」

心底不思議そうに訊ねられて、さらに顔が熱くなっていく。

「好きでもない相手に、毎日連絡するわけがない。君への気持ちは伝わってると思ったが、足りなかったんだな……わかった」

なにが『わかった』のかわからないが、御曹司は一人納得している。

「jimikoさん、君が好きだから、会いたかった。せっかく君に会えたのに、ここで終わりにしたくない。君に誠意を伝えられるなら、なんだってやる」

「っ――……！」

「君を失いたくない。本気で君が好きなんだ」

信じられない。信じられない！

堂々と人前でそんなことを言うなんて、隣の女子二人が聞き耳を立てているのに！

（も、もう、お願いだから好きとか言わないでっ‼　恥ずかしい‼）

「jimikoさん、頼む。もう一度、君と知り合うチャンスをくれないか」

彼の真剣な表情と、嘘のないまっすぐな目。

誠実で、繊細な別の男性が、突然目の前に現れたみたいだった。

それはまさしく、花純がイメージしていたreach731の人柄そのものだけれど……

「で、でも、さっきはわたしをお金目当ての女扱いしてっ、それに地味だって……」

「あれは……弁明させてくれ。あのときは、見合い相手に嫌われるために、わざとあんな態度をとった」

「わざと？　わざとわたしにひどいこと言ったの？」

「本当に悪かった。理解できないかもしれないが、父から『三十までに結婚しろ』と言われてる。見合いは強制だ。周囲も俺の結婚を——いや、舘入家の息子が身を固めることを望んで、必死で相手を探して連れてくる。家名への執着や、財産のことしか頭にないような相手ばかりを」

「……それ、偏見入ってません？」

「偏見じゃない。本当に、そういう人間は多いんだ。映画でもいるだろう。地位や名声、金や家名にしか興味のない傲慢な人間が。ああいう人間は実在する。話なんて通じない。こちらから丁重に断りを入れても、自分の家名や父親の役職を叫んで意見を通そうとしたり、理由を書面にしろと言われたりしたこともある。付き合っていられない」

強制のお見合いも、お金目当ての結婚も、確かに花純には理解できない世界だ。

けれど、そういう世界はそれこそ映画でいくらでも見てきた。

庶民には想像もつかない苦労が、御曹司の彼にはあるのかもしれない。

「だから嫌われるように、わざとひどい態度をとるようにしてたんだ。見合いにうんざりして、適当になっていたところもある。だから、君を見て、いつもの見合い相手とは違うと思ったのに、そういう人だと決めつけて――悪かった」

まっすぐに花純の目を見たまま謝罪する彼の事情と、反省の気持ちはよく伝わってきた。

でも、どんな理由があっても人を傷付けるようなことを言っていいとは思わない。はじめからこうして話せていたら、花純だってあんな思いをせずに済んだのに。

「悪かった。一方的にひどいことを言ってしまった。本当に、悪かった」

本当にひどい態度だった。傷付いた。

そんな人がreach731だと知ってショックだった。

だけど、こうして話しているうちに……傲慢な御曹司でしかなかった舘入利一が、少しずつSNSでやりとりしていたreach731に重なっていく。

「君が着替えたのは、俺のせいだろう？　待ち合わせ場所で君を見たとき、後悔した。おろしたての服は、見合いのためじゃなくて、俺のためだったのに」

「べ、別にそういうわけじゃないですけど……！」

「隠さなくていい。会えるのを楽しみにしてたのは、君だけじゃない。いや、俺のほうがずっと」

テーブルの上の花純の手に、彼の手が重なる。

「会いたかった、jimiko さん」

「っ——……！」

ドキッと胸が高鳴って、顔に熱が集中する。慌てて手を引っ込めたけれど、手の甲に感じた彼の熱は簡単には消えてくれない。

錆(さ)びついていた乙女心が、音をたてて動きだしたのを感じた。

「君に会いたかった。ずっと前から、会いたかった。それに、君は地味なんかじゃない。君は可愛い」

目を見て『君は可愛い』なんて言われたものだから、花純の顔はさらに熱くなる。

「見合いのときの俺は忘れてくれ。本当の俺は、君が知ってる reach731 のほうだ。信じてもらえるまで何回でも言う。君と会いたかった。君は可愛い。君が好きだ」

「ちょ、ちょっとそれやめて……！」

「頼む、帰るなんて言わないでくれ。俺は、本気で jimiko さんと——」

「わ、わかりましたからっ！」

花純は顔を片手で隠した。

（無理無理無理無理……！　なんでこの人、こんな場所で好きとか可愛いとか言えるの⁉）

これ以上、彼の口から思わせぶりな言葉が飛びだしたら、どうにかなってしまいそうだ。

お世辞。わかっているのに、受け流せずに喜んでいる馬鹿な自分が恥ずかしい。胸にクる。ダイレクトに。ガクガク心を揺さぶられる。

だけど、それよりも――

舘入商事の次男坊。イケメンで長身で、望んだものはなんだって手に入るような男の人だ。

お見合いの席で会った彼は、まさにそんな傲慢御曹司だった。

そんな彼の別の一面。それがreach731。

映画の時間を調べて、チケットを予約して。人の多い駅ビル前で、待ち合わせの相手を探して銅像の周りをくるくる回ったりなんかして。自分の非を認めて、頭をさげて。

大企業の御曹司で、プライドだって見上げるほど高いだろうに、いい歳した男の人が、レディースの、こんなに可愛いカーディガンまで買ってきた。

それは全部、jimikoのため――

花純が、reach731に会う日を楽しみにしていたように、彼も。

好きと可愛いは別としても、会いたかったの言葉には、きっと嘘はない。

彼の行動が、それを証明している。

憎みきれない。

彼と——reach731と重ねてきた日々を思えば、余計に。

「jimikoさん——」

「そ、そのjimikoっていうの、やめてください。いや、わたしが自分でつけたんですけど、声に出されると、ちょっとキツいっていうか……」

「あぁ……、悪かった。じゃあ、花純さん」

そっちなのか！

瀬村さん、と呼ばれることを予想していた花純の顔からは、いっこうに熱がひいてくれない。

下の名前で呼ぶのは両親と姉だけだ。異性からの『花純さん』呼びは、異常なほど胸に響く。

「花純さん、俺と一緒にいてほしい」

「も、もう、わかりましたからっ。コーヒー飲んで、映画、行きましょ……！」

照れ隠しにコーヒーを飲むふりをしながらちらりと見ると、向かいの席で、今日はじめて御曹司の口元にやわらかな笑みが浮かんだ。ホッとしたような、嬉しそうな、満たされた笑顔。

（っ…………！）

隣の女子二人が「きゃ〜〜」と抑えた声で騒いでいたけれど、彼の笑顔を正面から見た破壊力は、声も出ないほどだった。

（さすがにもう、先に帰っちゃったかな……）

彼と一緒に映画を観終えた花純は、映画館の化粧室の出入り口で周囲を窺っていた。

混雑のピークを過ぎた化粧室から、そろりと通路に出る。

不覚にも、アクション映画で泣いてしまった。それも号泣。感動した。

ボロボロに化粧崩れした顔を見られたくなくて、エンドロールが終わってすぐに『お手洗いに！』と化粧室に逃げ込んだ。


さすがに週末の、それも人気作の上映後とあって、鏡の前をキープするのにはそれなりの時間を要した。そこから、滲んだアイメイクやら剥げたファンデーションやらの手直しをはじめたのだから、できる限り急いだとはいえ、彼が待ちくたびれて帰っていたとしても責める気にはなれない。

reach731なら待っていてくれるのではという期待と、御曹司の舘入利一なら帰っているだろうというちょっと冷めた確信の間で揺れながら、花純はきょろきょろと周囲を見回した。

まだ通路は混雑している。彼の姿は見当たらない。

(帰ったのかな……)

「花純さん」

背後から声をかけられて、思わずビクッと飛びあがってしまった。

振り返ると、花純の反応に少し笑った彼がいる。

待っていてくれた——トクトクッと、鼓動が喜んだみたいに駆け足になる。

花純は勢いよく頭をさげた。

「お待たせして、すみませんっ」

「謝らなくていい。はい、これ」

彼が差しだしたのは、封筒に似た厚みのない平袋だ。映画館のロゴが大きく入っている。

「わたしにですか?」

「そう、君に」

受け取って中身を出してみると、今観た映画のポストカードが入っていた。

思わず「あっ」と声をあげてしまう。

「コレクションに必要だろう?」

お気に入りの映画は、必ずポストカードを買って帰るようにしていた。チケットの半券と一緒にコレクションしているのだと、reach731に話したのはいつのことだっただろう。

(覚えててくれたんだ……)

ジーンと胸が熱くなる。他愛ない会話を、彼は覚えていてくれた。

「わぁ……、ありがとうございます！　買おうかなって思ってたんです」

「そうだと思った。泣くほど感動してたから」

「っ！　それは、言わないでくださいっ……！」

「あれだけ人がいたのに、泣いてるのは君だけだった」

「わかってます！　だから言わないでほしいんですっ！」

アメコミ原作のアクションムービーで号泣する人間は多くない。実際、超満員の映画館でスンスン泣いていたのは花純くらいだ。

だから余計に恥ずかしいのに、敢えてそこを指摘してくるなんて……！

花純の頬が熱を持ちはじめると、彼はなぜか満足したように目を細めた。

(……意地悪御曹司の顔！)

もう一度お礼を言いながら、バッグから手帳を取り出す。カバーのしっかりした大きめの手帳を開いて、ポストカードを挟み込む。手帳をバッグにしまうと、彼が腕時計を確認していた。そういえば今、何時だろう？

時刻は午後六時四十分。

映画を観たあとの予定は決めていなかったけれど、これがデートなら、解散にはまだ少し早い。

あくまで、デートなら。

（っ…………!!）

カフェでの会話が蘇（よみがえ）って顔が熱くなる。彼が、『好き』だの『可愛い』だのと、思わせぶりなことを言うからだ。過剰に意識してしまう。

「花純さん、食事に行かないか？」

「――食事、ですか？」

「この近くのイタリアン。居酒屋みたいにごちゃごちゃしてる、小さな店だ。でも味はいい」

食事といわれて、分不相応（ぶんふそうおう）な高級店か、怪しいバーに連れていかれたらどうしようと身構えてしまった。だけど、小さなイタリアンなら。

それに、肩肘（かたひじ）張らずに、楽しい時間を過ごせるかもしれない。

お見合いで出逢ってからカフェまでずっと言い争ってばかりで、共通の趣味の話はなにもできていない。

これでは、お互いの素性を明かして映画を観ただけになってしまう。

reach731と、もう少し話してみたい。

今の映画、reach731はどう感じた？　出演していた俳優の過去作のお気に入りは？　予告編で気になった映画はどれ？

彼となら、いくらだって話せる気がする。

「せっかく君に会えたのに、ろくに話せてない。それに、君が今の映画のどこでそんなに感動したのか、ぜひ詳しく知りたい」

「あれはっ、感動のシーンだったじゃないですかっ」

肩を怒らせて言うと、彼はまた少し笑った。

「そうだな。確かに、いい演出だった。行かないか、花純さん。必要なら、俺と一緒だと親御さんに連絡しよう」

「そ、それは結構ですからっ」

そんなことをしたら、まるでお見合いで知り合って意気投合したみたいに思われるじゃないか！

だけど、彼が同じように思ってくれていたことが嬉しくて、あっさりと頷いてしまった。

舘入利一と過ごすのではなく、reach731と食事に行く。

映画を観て、そのまま食事に行くだけ。

それってやっぱり、デートなんだろうか。彼は、どういうつもりだろう。

オフ会？　デート？

だけど訊いたら、また花純を勘違いさせるようなことを平気で言いそうだから、そこは曖昧なままにしておこうと、そっと心に決めたのだった。

駅ビル裏の、小さなイタリアンバル。

店内はかなり賑わっていたが、花純たちが到着したとき、ちょうどお客が入れ替わるタイミングだったようで、待つことなくカウンターの並びの席につけた。

人気の窯焼きピザをはじめとする料理と、お手頃で美味しいワインは花純の心を鷲掴みにする。

ド庶民にとっては、値段のわからない店に入るのは恐怖でしかない。こういった店を選んでくれて、安心していた。

こぢんまりした店内は、陽気な音楽と人の声が混ざり合って、楽しげな空気が満ちている。

はじめは肘が触れ合いそうな距離で座ることに緊張していたけれど、彼が濃厚な映画話にどこまでも付き合ってくれるので、気付けば花純は夢中になって話していた。

「そうなんです！　あの映画のいいところは、他にはない切なさ！　特に最後の、二人がすれ違うシーン！」

「二人が結ばれたのかどうか、敢（あ）えて描いていない」

「そう、そうなんです〜!!　結ばれてほしいけど、ヒロインの性格を考えると……！」

「難しいだろうな……でも、だからこそ、二人は認め合えたんだろう」

「あぁ〜本当にそのとおりっ！　利一さん、やっぱりわかってくれてる!!　ほんとに、眼球が溶けちゃうんじゃないかってくらい泣ける傑作ですよね！」

　お店についてからの会話があまりにも盛り上がり、花純は自然と彼のことを『利一さん』と呼ぶようになっていた。

「泣かせすぎると、君の眼球は溶けるのか。映画に誘うときには、気を付けないといけないな」

　利一が笑ってグラスに口をつける。

　また映画に誘うつもりだと言われたみたいで、ちょっとドキッとする。

　なにを期待してるんだか、と自分を叱（しか）りつけながら、花純もグラスのワインを流し込んだ。

「君は、年に何本くらい観てるんだ？」

「んー数えたことないですけど、週に二、三本は絶対映画館で観てます。それ以外は、レンタルで」

「きっかけは？」

「映画を観はじめたきっかけですか？」

利一は頷きながら、グラスにワインを注ぐ。「飲むか？」と訊かれて、花純は一瞬迷ったけれど、結局グラスを差し出した。

注がれたワインをグイッと半分ほど飲んで、深い息を吐きだす。

――映画にのめり込んだきっかけ。

花純にとっては、お酒の力で心を麻痺させておかなければ、なかなか話せない内容だった。

「大学二年のとき、すっごく派手に失恋したんです――」

――大学二年の初夏だった。

二つ年上の先輩、小金沢隆司から告白された花純は、はじめての彼氏に舞い上がっていた。

付き合いはじめて三日目にキスされたとき、ちょっと手が早いな、と思った。

十日目で家に誘われたとき、正直ためらった。だけど、お泊まりを渋って嫌われたくなくて、結局彼の家に泊まった。

ところがその四日後には、彼は花純の親友と付き合いはじめていた。

別れ話どころか、花純には連絡もなしにだ。

頭のなかが真っ白になった。

処女を捧げて四日で捨てられたなんて、信じられなかった。

彼には電話にも出てもらえず、『どういうこと？』と親友を問いただした。

すると彼女は、勝ち誇った顔で『たぁくん、花純じゃ満足できないんだって』と嘲笑った。

彼は、話したのだ――はじめての夜の、花純の失態を。

性急なキスとおざなりな愛撫に、体はこれっぽっちも彼を受け入れなかった。濡れないままに迎えた初体験の痛みは想像以上で、花純は泣きながら何度も『痛い』と訴えた。

結局、彼は途中で萎えてしまった。

彼の不満げな態度と投げやりな舌打ちに、花純は自分を責めた。

彼を満足させてあげられなかったのは、自分のせいなんだ。痛みくらい、我慢すればよかった。恋人を失望させた。自分は、人並み程度のこともできないダメな人間なんだ――自責の念にとらわれて、『次は頑張る』と言った花純に、彼は『もういい』と背を向けて眠った。

彼の隣で、泣いて朝を迎えた。

絶対、誰にも知られたくなかった。

それなのに、彼はよりによって花純の親友にそれを話し、彼女は彼女で、親友だったはずの花純に同情するどころか彼を選んだ。

なにがいけなかったのか、花純は自分の行動のすべてを後悔して過ごした。ベッドで泣いたせいで捨てられたのか、容姿も性格も地味なところがいけなかったのか、どれだけ思い悩もうと、明確な答えはわからない。

彼氏と友達と純潔をいっぺんに失って、自分だけが暗闇に突き落とされたような気がした。

思い出すたびに、胸の奥がギューッと苦しくなる。

グラスに残っていたワインを、乱暴に胃袋へ流し込む。

こんな話、とても利一には聞かせられない。

あの頃の自分は、本当に馬鹿だった。

付き合いたての彼氏の顔色を窺(うかが)うことに必死で、自分を大切にしなかった。

それでなくても、処女がどうのこうのなんて具体的な内容は話せないけれど。

「派手に失恋して、結構へコんじゃって。それで、大学二年の夏休みは、引きこもるって決めたんです。だけど、いくら寝ても気持ちは楽にならなくて。そんなときに、夜中にたまたまテレビをつけたら、映画を放送してたんです。利一さん、知ってるかなぁ。

『いきなりクレイジーサンタ』って映画なんですけど」

「……あの、サンタの格好をした、三人組の中年男が主人公の？」

「そう、それ！　奥さんに浮気されて離婚した三人のオジサンが、クリスマスの日にサンタのコスプレで元妻に復讐するって映画。もう、大笑いですよ！　わたしの言いたいこと、全部代弁してくれてるみたいで！」

キレたオヤジたちが『あんなに俺の××で××したくせに！』と口汚く元妻を罵り、浮気相手を前にして『この×××××野郎が！』と叫ぶシーンで、花純は涙を流して大笑いした。

現実世界の辛さなどどうでもよくなるほどおバカで痛快なコメディが、花純の濁った心をすすいでくれたみたいだった。

花純がその話をすると、利一の表情が少し険しくなる。

きっと、映画の内容から、花純の言う失恋が相手の浮気によるものだったと気付いたのだろう。だけど、彼はわざわざ花純が語らなかった部分を突っ込んで聞いてくるようなことはしない。

繊細で大人な、reach731の優しいところ。

心の傷跡に触れることなく、痛みに共感してくれたみたいな、温かい目が花純に向けられていた。

「それがきっかけだったのか」

「はい。現実逃避って言ったらそうなんですけど、いろんな物語を追えるのが、とにかく楽しくて。残りの大学時代は、ずーっと家とレンタルショップの往復でした。就職してからは、まとまったお金が入るぶん余計に熱くなっちゃって。映画館に通いだして、ついには感想を書くためにＳＮＳのアカウントまで作っちゃって」

あはは、と笑って利一に顔を向けると、彼は目を逸らすことなくじっと花純を見つめていた。

ドキッとさせる、熱っぽい視線に動けなくなる。

「それで君は、jimikoさんになったのか」

jimikoを呼ぶ彼の声は、どこまでも優しい。

――画面越しのreach731も、ずっと、こんなふうに優しく呼びかけてくれていた？

他愛ない映画話も、くだらない天気の話も、ぼんやりとした仕事の愚痴も、全部こんなふうに、優しく聞いてくれていた？

胸がどんどん高鳴っていく。

自分は、この人に会いたかったのだと痛感させられる。恋をした相手が、今目の前にいるのだと自覚するほど、脈は加速していくばかりだ。

どうしよう。恋してしまう。画面を越えて、舘入利一本人に。

「花純さん」

jimikoを呼ぶ声と同じ響きで、花純を呼ぶ。

はい、なんて返事をしている場合じゃない。

現実世界で恋をはじめるなんて、自分にはまだ早すぎるのに――

「俺は、浮気はしない」

「…………え？」

「花純さんだけだ」

「っ――⁉」

心臓が、バンッと弾けた。

この人は、なにを言いだした⁉

「だから花純さん、俺と」

「いや、あのっ」

「結婚を前提に」

「いや、ちがっ、だからあのっ！」

全身から汗がふきだす。

彼の唇がふたたび開く。絶対にその先を、言わせてはいけない。

まだなんの心の準備もできていない――！

「り、りいちさっ」

――花純の声と、ガシャン、という派手な音が重なった。

左脚がじっとりと濡れる。咄嗟には反応できなかった。

カウンターの上で転がるワイングラス。テーブルから流れ落ちる赤い液体が、花純の白いワンピースを汚していく。

「ああっ、すみませんっ！」

隣に立っていた女の人が謝罪の声をあげたのと、カウンター越しに店員がタオルを差し出してくれたのは、ほとんど同時だった。

「大丈夫か」

利一がタオルを受け取ってワンピースを押さえたと思ったら、背後から店員の手が伸びてきてテーブルに広がったワインが手際よく拭き取られていく。

「お怪我はありませんか？」

「本当にすみません！　立ったときに、バッグがグラスに当たっちゃったみたいで……！」

利一にワンピースを拭かれながら、店員と女の人に同時に話しかけられて、花純は対処する優先順位を決められない。まだ頭が混乱している。

ワインをこぼした彼女は、今にも泣きそうな顔をしていた。

「本当にごめんなさい……！」

「大丈夫ですよ。ちょっとかかっただけですし」

「すみません、本当にごめんなさい……ワンピース、白なのに……」

「本当に、気にしないでください。大丈夫なので！」

花純が笑いながら身振りで『行ってください』と示すと、彼女は申し訳なさそうに眉を下げたまま、彼氏とおぼしき男の人に連れられて店を出た。

そのときにはすっかりカウンターが片付いたあとで、店内は何事もなかったように騒々しさを取り戻した。

「大丈夫か？」

「はい、平気です。拭いていただいて、ありがとうございます」

ワンピースは手早く利一が拭いてくれたけれど、ワインのかかった部分は、ほんのり赤く染まっている。今日買ったばかりの白のワンピース、さっそくシミができてしまうなんて。

（あーあぁ……）

湿ったワンピースを指先で摘まむ。シミができた部分はスカートのあたり。

だけど、これくらいの範囲なら洗面所で水洗いできそうだ。水洗いしておいて、帰ってすぐに漂白したらシミは残らないかもしれない。

「ちょっと、お手洗いに。水で洗ってきますね」

花純は、混雑した店内の奥にあるトイレに入った。

ドアを開いて右手側に手洗い場があり、その奥に一つだけ個室が作られた小さなトイレだ。

ちょうど空いていてよかった。

花純はワンピースの裾を持ち上げて、シミになった部分を水洗いした。

濡れると色が変わって、汚れが落ちているのかどうかわからない。無駄にスカートを濡らしただけな気もする。

せっかく買ったワンピース。

もう着られないかもしれないと思うと、なんだか急に悲しくなってくる。

それに、なんだか脚もベタベタする。スカートから滴り落ちたワインが脚を汚したのかもしれない。ペーパータオルを濡らして拭こうと考えたが、トイレにはハンドドライヤーが設置されていて、ペーパータオルはない。代用できそうなものはトイレットペーパーだけ。

水で濡らしたトイレットペーパーで、脚を拭く？

ボロボロになったトイレットペーパーがストッキングにまとわりつく、悲惨な未来しか見えなかった。

「はぁぁ……」

大きめのため息がこぼれだした。ツイてない。

でも、助かったとも言える。利一はさっき、重要なことを話そうとしていた。花純の心が、まだ受け入れる準備のできていないことを。

（けっこんを、ぜんてい……）

顔からボッと火が出そうだった。

（初デートでそんなこと!!　ＯＫできるわけないでしょ!!　もっと段階踏んでよ!!）

今自分でデートと認めてしまったことにも、段階を踏んだらＯＫするのかという疑問が浮かんだことにも、腹立たしいやら恥ずかしいやらで忙しい。

気持ちをぶつけるように濡れたワンピースを絞っていると、コンコン、とノックの音がした。

「はーい、ちょっと待ってくださいね」

「花純さん」

「利一さん？」

返事をすると、利一は当然のようにトイレの中に入ってきた。

別に用を足してるわけではないからいいのだけれど、狭い洗面所だ。大人二人が向かいあって立つと密着度が高い。

逃げるように、花純は洗面台にじりじりと寄っていった。

「シミは落ちたか？」

「……洗ったんですけど、落ちたかどうかわからなくて」

その場で利一がしゃがみ込み、濡れたワンピースのスカートをじっと見つめる。

そんなにまじまじと見なくても……それに、どうして彼は追いかけてきたんだろう。

まさか、さっきの話の続きをしにきた……？

「シミ抜きに出せば落ちるだろう。ひとまずタオルを借りてきた」

そっちか！

「あっ、よかったぁ！　タオル、ありがとうございます。ここ、ハンドドライ――り、利一さん!?」

まるで跪くようにしゃがみ込んだまま、利一は手に持ったタオルで花純のワンピースを拭きはじめた。濡れた部分をタオルで挟み込むようにして、軽く押さえていく。

カァッと顔が熱くなる。こんな状況は、恥ずかしい以外にない。

「利一さんっ……！」

慌てて彼を止めようと手を出した。

けれど、タオルを持つ利一の手が予想以上に男らしくて、触れることをためらってしまう。

骨ばった、大きな手。長い指。女性のそれとはまったく違う。

「随分、豪快に洗ったな。びしょ濡れだ」

「…………」

高い鼻。思ったより睫毛が長い。

男の人を見下ろすことなんて普段ない。見慣れないアングルのせいか、見てはいけないものを見てしまった気になってくる。

チラ、と上目遣いに利一が花純を見上げた。その優しい目にも、胸がザワザワする。

隣り合ってお酒を飲んでいたときより彼を色っぽく感じるのは、なぜだろう。

「このワンピース、今日買ったばかりだろう？」

「…………そう、です」

弱々しい声が、狭いトイレのなかで反響する。

ドア一枚が、店内の陽気なＢＧＭも、騒がしい声も、人の気配も遠ざけている。

二人きりを強く意識してしまうと、また脈がジワリと速くなった。

「さすがの君も怒るかと思った。ワインをこぼされたとき」

「……あの女の人に、ですか？」

「そうだ。おろしたての白のワンピースに、赤のワインをこぼされたら怒っていい」

「……でも、わざとじゃないし、すごく申し訳なさそうな顔、してたから」

「本当に優しいんだな」

すうっと、利一の表情がやわらかくなる。

心臓を鷲掴みにされたみたいに、息が止まった。慌てて目を逸らしたけれど、ドキドキはおさまらない。

どうして、彼に「あとは自分でできる」と言えないんだろう。世話を焼かれて喜ぶ趣味はないのに。それなのに、彼がここまでしてくれていることが、少し、嬉しいと思ってしまうなんて……。

(どうしちゃったんだろう……)

「他には？　洗ったのはここだけか？」

「はい、洗ったのはそこだけで……あの、利一さん、そのタオル貸してください」

「どうした？」

「脚にもワインがかかったみたいで。左脚だけ、すごいベタベタしちゃって」

ああ、と納得したように彼が立ちあがった。

タオルを受け取ろうと差し出した花純の手を無視して、彼は水道のレバーを湯の側に傾けると、タオルの端を熱い湯で濡らした。

さすがに焦りがでてくる。彼がこれからなにをする気か、想像しただけで耳まで熱を帯びていく。

「利一さんっ！」

「洗面台に座るといい」

「ちがっ、そうじゃなくて、自分でできますからっ！」

「君は、放っておいたら水浴びして出てきそうだ。座って」

利一はまた花純の前にしゃがみ込んだ。

「このあたりか？」

大きな手が、左のふくらはぎに触れた。電気が走ったみたいに、体がビクッと震える。

彼の手が、壊れものに触れるように、そうっとストッキング越しの肌を辿（たど）っていく。

ワインのべたつきを探す手に、熱を煽（あお）られているみたいだった。

「り、利一さん……！　自分でできるからっ……！」

花純の泣きそうな声に、利一はチラと視線をあげた。けれど、その目はすぐに脚に向けられ、温かなタオルを脚に押し当てる。

反対の手が固定するようにそっとふくらはぎに添えられて、ズクンとお腹の奥が疼（うず）いた。

「っ………」

ストッキングの上をタオルが辿（たど）っているだけなのに、パンプスの中で足の指をぎゅっと丸めてしまう。

自分とは異なる熱が肌を湿らせていくのは、まるで、ゆっくりと脚を愛撫されるみたいで……

(こんなの……)

熱くなった顔を隠すように、横を向くのが精一杯。声も出せない。

胸が高鳴って、体の芯が火照るのは、自分が感じているからだ。それがどうしようもなく恥ずかしい。脚を拭かれているだけで、こんな気分になるなんて。

酔っているせい？　男に飢えてる？　それとも、彼が好きだから――？

膝から下を拭いていたタオルが、膝のすぐ上あたりへと這いあがってくる。膝丈のスカートの内側へ忍び込んだ手が、ワインのべたつきを探していた。

「っ…………！」

「ここは？」

彼の指に腿をくすぐられ、勢いよく頭を振る。ゾクゾクする。

これ以上触れられたら、どうにかなってしまいそう――

(そんなの、ダメ……！)

利一が立ち上がり、花純はホッと息をついた。

よかった。終わった。彼の手のなかに落ちずに済んだ。そう思った途端に、なにもかもから解放されたみたいに気が緩んで、すーっと体から力が抜けていった――……

3

マシュマロの上で寝てるみたいだ。

全身を優しく包み込んでくれる、やわらかいシーツが気持ちいい。

眩しい明かりに目を瞬かせながら、視線を巡らせる。

濃紺のカーテン、白一色の壁紙、シックな二人用のテーブルセット、広い部屋には家具がほとんどない。生活感がまったくないので、おそらくどこかのホテルだろう。

だけど、どうしてホテルに？

（そうだ、トイレで立ち眩みを起こして、そのまま……）

イタリアンバルで突然目の前が真っ暗になって、全身から力が抜けた。

同じような経験を中学生の頃にしたことがある。集会中に倒れたのだ。強引に意識を持っていかれる感じは、あのときも今日も同じだった。

大した量も飲んでいないのに、倒れるなんてどうしたのだろう。

（利一さん、困っただろうなぁ……迷惑かけちゃった）

なにが起きたのかはっきり自覚してくると、申し訳なさが込みあげてきた。倒れた花純をこのホテルまで運んでくれたのは、きっと利一だ――

「っ――!?」

飛びあがって服を確認する。小花柄のワンピースはくしゃりと乱れているが、ストッキングも穿(は)いたままで、なにかが起きた形跡はない。

(よ、よかったぁ！)

はぁーっと長い息をついていると、部屋のドアが静かに開いた。金色のレバーハンドルを掴(つか)んだまま、利一が数秒その場で動きを止めた。

「……目が覚めたか」

「はい。あの、すみません。ご迷惑をおかけしてしまって」

うしろ手にドアを閉めて、彼がベッドに接近してくる。ベッドのある場所で異性と二人きりになる緊張感は、いくら相手が好きな人でも、自然と花純の体を強張らせた。

「気分は？　大丈夫か？」

「もう、大丈夫です。利一さんがここまで運んでくださったんですよね。ありがとうございます」

「気にしなくていい。起きてて平気なのか？」

「はい。もう、いつもどおりです。あの、ここって、ホテルですか……？」

いや、と首を横に振りながら、彼は手に持っていたペットボトルを花純に差し出す。

「ここは、俺のマンションだ。この部屋は客用の部屋だから、ゆっくりしていけばいい。動けるようになったら、タクシーを呼ぶ」

戸惑いながらも未開封のペットボトルを受け取る。手のひらが冷やされて心地いい。

利一は、ベッドから彼の長い脚で三歩離れた椅子に腰を下ろした。

その距離に、彼の気遣いが表れている気がした。

「突然倒れて驚いた。救急車を呼ぼうか迷ったが、呼びかけると返事をしたから、とりあえずここに運んだ。君の自宅も、親御さんの連絡先もわからなかったから。本当に大丈夫か？」

「はい、本当にすみません。ご迷惑をおかけしてしまって」

「謝らなくていい。今日はいろいろあって、疲れたんだろう」

本当に、長くて濃い一日だった。

浮かれ気分で家を出て、母に強引にお見合いに連れて行かれて、最低な御曹司と出逢った。

だけど今、その御曹司がとても優しい目で花純を見ているのだから、人生ってわからない。

――今、二人はお互い、同じことを考えていたのかもしれない。

目が合うと、自然と同じタイミングで口元に笑みを浮かべた。

（利一さんって、ちょっと話が通じなかったり強引なところもあったりするけど、いい人だよね……reach さん、だもんね……）

倒れた花純を家に運んで、気を失ってる間に好き勝手することもなく、心配してくれていた。

目覚めたときには、なにか間違いがあったんじゃないかと不安になってしまったけれど、心配する必要はなかったのだ。彼がそんなひどいことをするわけがない。

イタリアンバルのトイレで脚に触れられたときだって、ビックリしたけれど、あれは花純が勝手にいやらしいふうに取ってしまったに過ぎず、彼は献身的に世話を焼いてくれただけ……なのかもしれない。いや、脚に触れたのだから、多少の下心はあった気がするけれど。

……下心、あるのだろうか。

今も？

「少し、休んでいくといい。すぐに動いて、また倒れたら大変だ。水でも飲んで」

「……ありがとうございます。いただきます」

夜のベッドルーム。大人の男女が二人きり。

そうなってもおかしくない状況だけれど、室内の空気はいたって健全。意識のない女を抱く趣味はなくても、起きている花純にならば欲情して……なんて雰囲気でもない。

（ないない。うん、ない。だって、そういうつもりなら、もっとグイグイ迫ってくるもんでしょ）

経験は乏しくとも、周りからいくらでも男女のアレコレについての知識は入ってくる。

酔った女をお持ち帰りしてサクッと抱くつもりなら、とっくに行動に移しているはずだ。

（御曹司だし、そんな危険な橋、渡らないよね）

相手の身元がはっきりしていると、こういう安心感があるのかと花純は改めて実感する。

だけど同時に、拍子抜けしている自分がいる。

もしかして、彼の下心や男としての好奇心を刺激するような魅力が自分には、ない？

――花純じゃ満足できないんだって。

ズキン、と胸の奥が痛む。

女としての魅力が、足りないんじゃないか。

だから元カレに捨てられたんじゃないか。

男の人から欲情される対象に、自分は一生なれないんじゃ……

長らく胸に抱えてきた心配の種は、そう簡単に拭い去れるものではない。

利一の誠実な態度まで、悪い方向に考えてしまう。

五年経っても引きずっているなんて、情けない。

たぶん……）

（卑屈になる必要ない。なにもされてないのは、利一さんが誠実だから。それだけ！

ペットボトルの蓋を開けて、水を二、三口飲む。口のなかが、すーっと冷やされた。

気持ちを切り替えるように、室内を見回してみる。

この部屋だけでも、花純の実家のリビングより広いかもしれない。

「ここって、利一さんのお家なんですか？　実家じゃなくて、一人暮らしの？」

「ああ、そうだ」

「一人暮らしなのに、お客さん用の部屋があるんですか……」

「部屋が余ってるだけだ。客も呼ばないから、この部屋はほとんど使ったことがない」

庶民には、「部屋が余っている」が、もうついていけない。花純は実家暮らしだが、もし一人暮らしをするとしても部屋が余るなんて状況には絶対にならないだろう。

それに、この埃一つ落ちていない部屋。

大企業の御曹司である彼自身が掃除しているとは思えない。

「もしかして、お手伝いさんもいたりします？」

「お手伝いさんか。そうだな。週に四回、家事を頼んでる」

「さすが……」

異次元の話すぎて、苦笑いしかでてこない。

「君は、実家暮らしだったな。家を出る気はないのか？」

「出たいんですけど、お父さんが反対するんですよね。昔、姉が一人暮らししてたときに下着を盗まれて、それから過敏になっちゃって」

「ああ、それは心配だろうな」

「でも、やっぱり一人暮らしって憧れます。テレビ独り占めじゃないですか」

「君の場合、テレビといっても、観るのは映画だけだろう」

「あはは、バレバレでしたね」

笑ってからペットボトルに口をつけると、利一がふっと息を吐きだした。

椅子の肘掛けに頬杖をついて、彼はぼんやりと花純を見つめている。

「……花純さん」

ペットボトルから口をはなして、口内の水を飲み込もうとしたとき――

「ここで俺と暮らさないか」

「ごふっ――」

「ああ、タオルを」

今度はなにを言いだした⁉

人に水を噴かせた本人は、いたって冷静にクローゼットからタオルを取り出す。

濡れた口元を手で拭って、とりあえずペットボトルの蓋を閉めてみたけれど、心は全然落ち着かない。この人の思考回路には、まったくついていけない！

くよくよしてた自分が馬鹿みたいだ!!

利一がタオル片手に戻り、当然のようにベッドにあがって花純の顎や胸のあたりを拭こうとする。一気に距離が近付いて、顔も体も熱くなる。タオルを奪おうと花純も手を伸ばした。

「じっ、自分でできますからっ！」

「騒ぐとまた気分が悪くなるんじゃないか？」

彼の手が花純の腕を掴み、やわらかいタオルが顎をそうっと包んだ。

「ならないですから、ちょっと……！」

彼が急接近してきて、胸の高鳴りがおさまってくれない。

親切心と下心を測りかねていた花純の視界からタオルが遠ざかると、水滴が残っていないか確かめるように、利一の指先が花純の肌に触れた。

「ささ、触らないでよっ!!」

「花純さん」

「ちょ、ちょっと、離れてっ！」

「君は、思ったことが顔に出るタイプなんだな。俺が部屋に入ってきたときは不安そうだったのに、椅子に座ると、がっかりした顔になった」

「なっ――なってないっ!!」

「俺が、君に興味がなくて距離をあけたとでも思ったのか？」

「っ――――！」

図星を指されて、顔から火が出そうだ。ぐっと言葉に詰まった花純を追い込むように、利一の体が迫ってくる。シーツの上を、じりじりと後退した。

「興味がないわけないだろう。君が好きなんだから。俺が君に迫らなかったのは、好きな人に、君に嫌われたくなかったからだ」

「っ……！」

「花純さんを怯えさせたくないし、傷付けたくない。でも、そんなに可愛い顔をされたら我慢できない」

さっきまでの優しくて余裕ありげな男はどこにもいない。

今、目の前にいるのは獲物を捕らえようとする肉食獣だ。

花純の背に、やわらかで肉厚な枕があたった。その向こうにあるのはヘッドボードと壁。

もう逃げられない。

「ガッ、ガマンって、お店でも脚を触ってきたくせにっ……！」

「あれはつい。好きな人に触りたいなんて、普通のことだろう。君は俺に触られて、嫌だったか？」

　鈍器で頭を殴られたみたいな衝撃だった。

　脚に触れられたときも、今も、嫌だとは思わない。電車で必要以上に密着してくるサラリーマンのほうが、ずっと不快だ。その差は、相手への気持ちだと突きつけられる。

「嫌じゃなかったから、さっきもがっかりした顔をしたんじゃないのか？」

「がっかりなんてしてないっ……！」

　好きな人に求められて、嬉しくないわけじゃない。だけど、嫌じゃないと認めたら、きっとこのまま進んでしまう。それが怖い。

「今日一日、ずっと君を見てた。俺が距離を置いて座ったときは、ワンピースにシミができたときと同じ顔だった。がっかりした顔だ。今はまた不安がってる。お見合いの席で、俺が話しだす前の、不安そうな顔と同じだ。君がそんなに不安になるのは、昔の男のせいか？」

「っ――ちがうっ！　今日会ったばっかりなのに、こういうの、よくないからっ……!!」

「一年だ。花純さんが、俺に声をかけてくれてから、今日でちょうど一年だ」

「え……」

「『マリーの赤い日記帳』を俺が観たのは、ちょうど一年前の今日。君がお気に入りの映画の一つになったと言っていたから、観に行った。それをSNSに書いたときに、やっと君は俺に気付いてくれた。覚えてるか？」

確かに、はじめてreach731に声をかけたのは、『マリーの赤い日記帳』の半券の写真がきっかけだった。だけど、日付までは覚えていない。

（そんなことまで、覚えててくれたの……？）

「だから、どうしても今日会いたかった」

ドクン、と胸が大きく高鳴る。

一年以上前から、想ってくれていた？

カフェで謝罪していた利一の姿が浮かぶ。花純が抱いていた淡い淡い恋よりも、彼の想いは育っていたのだと、今になって心にしみる。

利一の手が伸びてきて、花純の顔にかかる髪を優しくはらった。

「やっと会えた」

そう、やっと会えた。

「会いたかった、花純さん」

輪郭（りんかく）を辿（たど）るように、頬の上を彼の指先が滑る。

「そんな不安そうな顔はしなくていい。俺が君のことを好きなのは、もうよくわかっただろう？」

好きな人にそんなことを言われたら、拒絶なんてできなくなる。

「そんな言い方、ずるいっ……!」

「ずるくない。君が好きだと言ってるだけだ」

頬をすっぽり包み込む大きな手に、心ごと捕まえられた気がした。

利一がさらに近付いてきて、花純は逃げ場をなくしてやわらかな枕の上に沈み込んだ。

「だ、ダメっ……！」

迫ってくる彼の胸に手を置いて押し止める。男の人の逞しい骨格に動揺してしまう。

「利一さん、あの、本当にっ……！　こういうのは、もっとよく知り合ってからっ……！」

「よく知ってる。それに、これ以上は待てない」

「なに言って――っ……！」

投げ出した脚に彼の手が触れて、予期せず体がビクンと震えた。

「不安がらなくていい。これは一晩の関係じゃない。俺には、君をこれから先ずっと大切にする準備がある」

プロポーズのような熱っぽい口説き文句と、脚を辿る手に呼吸も鼓動も乱されて、利一の胸を押し止める手からどんどん力が抜けていく。

会ったその日に関係を持つなんて、よくない。

同時に、彼に触れられることを嫌だと思わない自分もいる。

見上げた彼の双眸は、じっと花純の様子を見守っていた。黒の瞳には、獲物を狙う獰猛さ以外に、優しさや、純度の高い甘さが浮かんでいた。

新しい恋をして、誰かから激情をぶつけられれば、初体験の苦い記憶も、自分のなかから追い出せるかも――そんなふうに考えたのは、一度や二度ではない。

けれど、ちゃんとできるのか、求めてくれる彼を満足させられるか、不安なのだ。

「……りいち、さん……」

「はい、花純さん」

顔を熱くしながら利一を呼んだ花純の手が、彼の大きな手に包まれた。

今日のどの瞬間より、彼を近くに感じる。

緊張する。心臓が破裂しそうだ。だけど、握られた手から伝わる温もりに促されるように、素直な言葉が自然と溢れていた。

「……わたし、その……こういうの、慣れてなくて！　カラダも色っぽくないし、そういうつもりじゃなかったから、下着もぜんぜん……！　だから、利一さん、ガッカリしちゃうかも、って……」

「心配しなくていい。俺は君が褌を締めていても欲情できる」

「えっ!?　っ――」

すーっと、利一の手がふたたび脚を撫であげた。

ビクッと体が震えて、小さな悲鳴みたいな声が出てしまう。

「それに、こんな感じやすい体で、色っぽくないだって？」

至近距離の低い声に、ゾクゾクする。視線を感じて目を開けると、彼の視線が花純をじっと捉えていた。肉食獣の目——キュン、と体の内側が疼く。

「花純さんは、色っぽい。すぐに目がとろけて、甘えた顔になる。ガッカリなんて、するわけがない。なにも心配しなくていい」

繰り返される花純を安心させるための言葉と、それを紡ぐ優しい声に、不安はどんどん溶かされていく。

「そんなに怖がらなくていい。噛みついたりしない」

頬を大きな手が包み、高い鼻が迫ってくる。ぎゅっと、きつく目を瞑る。

息も止めてキスを待っていた花純の唇が、つーっと指で撫でられた。

「やわらかいな」

低い声に誘われて、目を開けてしまった。濡れたような彼の瞳から、目が離せない。

視線が絡み合ったまま、指よりもっとやわらかななにかが唇に触れる。キスされたのだと気付いたときには、次のキスが降ってきていた。

触れて、離れて。また触れて。繰り返されると、頭のなかがフワフワしてくる。

「ほら、また目がとろんとしてきた」

見られている――カァッと顔に熱が集まり、慌てて目を閉じた。視覚を手放したぶんだけ敏感になった唇を彼の舌が辿り、花純の唇をこじ開ける。

「んぅっ……」

触れるだけの可愛いキスとは違う。口腔をくすぐる舌に、全身が火照る。

舌を絡ませる深いキスにさんざん息を乱され、彼の唇が首筋へ下りていっても呼吸を整えられない。彼の手がスカートをたくしあげ、ヒップラインを包むレースを指先が辿ると、息が震えた。

服も脱がされていないのに、声が漏れてしまいそう――

「敏感だな。さっきからずっとビクビクしてる」

「んんっ……」

首を左右に振ってみるけれど、図星だ。

「違う？　だったら恥ずかしいのか」

隠すように顔に手を置くと、今度は耳に唇が寄せられる。耳殻に生温い舌が走って、甘い吐息が鼻から抜けた。この人は、どこにも逃がしてくれない。

身を捩った花純のお尻を彼の手が包む。

丸みを楽しむような触り方はいやらしくて、またビクッと体が跳ねた。

耳元に押し当てられた唇が、満足したみたいに弧を描く。彼は余裕だ。花純の反応を楽しんでいる。煽られて、追い込まれているのは花純だけ。

「り、利一さんのエッチ……！」

悔し紛れに言ってみたけれど、あまりに幼稚な悪態に自分で呆れる。

耳元で利一がフッと笑った気配がして、次の瞬間には花純は自分の発言を後悔した。

「今のは君が悪い」

「えっ、やぁっ……！」

脚を大きく開かされた。抵抗する間もなく、長い指がストッキングとショーツで守られている初心な割れ目を辿る。これまでのゆるやかな愛撫とは違う。

彼の手を止めようと手を伸ばしたけれど、陰核を押し潰されると力が入らない。グリグリそのまま押し潰して揺すられて、花純は大きく息を吸い込みながら必死に左右に首を振る。

「やっ、ダメぇ……」

「そんな可愛いダメは、ダメのうちに入らない」

噛みつくような雄の声にも心乱されてしまう。

セックスは花純にとって、関わってはならない、できるだけ遠ざけておきたい行為だった。

だから自慰もしたことがない。女の体の構造は知っているし、一人で楽しむ方法だって知識としてはある。それを実践しなかったのは、一人で気持ちよくなれたとしても、相手を満足させられなければ意味なんてないと身をもって経験したからだ。

だから今、花純ははじめて陰核の快感を教え込まれている。

（こんなの、しらないっ……！）

強烈すぎてゾクゾクする。内腿も膝もガクガク震えて、体の芯は強張っている。

「んっんんっ……！」

必死に唇を噛みしめても、鼻から抜ける甘えた啼き声までは隠せない。

彼の反対の手がワンピースの上から乳房を揉みしだいて、やがて先端の敏感なところを挟み込む。お腹の底が疼いて、なにも考えられなくなる。

「ん、ぁあっ……！」

ザワザワッと全身の毛が逆立ち、稲妻が駆け抜けたみたいな衝撃に体が大きく震えた。

息があがって、うるさいくらいに心臓が跳ねまわっていた。脱力感に、目も開けていられない。

「花純さん、可愛い……」

覆いかぶさってきた利一の一言に、ただでさえバクバク鳴っている心臓がまた高鳴った。

「一回イッたら、もう恥ずかしくないだろう？」

「え……？」

今のが絶頂なんだ、とぼんやり思った花純の額や頬や唇に、利一は何度もキスをする。

彼のこの行為の意図など、経験の少ない花純にはわからない。だけど、すごく……

（大事に、されてるかんじ……）

愛おしむように髪を撫でてくれる手は、どこまでも優しい。

だけど、甘い息を吐きだした花純の唇を塞いだキスは、徐々に深くなっていく。

さっきより素直に快感を享受できるのは、まだ頭が絶頂の余韻でフワフワしているからだ。

互いの息づかいに混ざって、ジジッと硬質な音がした。

背中でゴソゴソあやしげに動いた利一の手が抜かれる。

「花純さん」

名前を呼ばれて、腕をまっすぐ上に持ち上げられた。はっとしたときには、ワンピースとカーディガンが一気に体から引き抜かれる。

「やぁっ、電気消してっ……！」

「消したら見えないだろう」

「み、見えなくていい……！」

「こんなに綺麗なのに。見ないともったいない」

「や、やだぁ……！　お願い、電気消してっ……！」

「……わかった──とでも言うと思ったか」

どこの悪役かと疑いたくなるようなことを言って、利一は花純の首筋に唇を押し当てる。

「感じてるところを見られるのも、恥ずかしいんだろう？　もっと恥ずかしがればいい。真っ赤になった花純さんも可愛い」

鎖骨や肩、乳房の丸みを彼の唇が辿っていく。

縋るように枕の端をきつく掴み、自分の二の腕に顔を押し当てて声を抑えるけれど、気持ちよくて抵抗なんてできない。

ブラのホックが外されてカップが浮いたその下に、手が滑り込んできた。胸に直接触られる心許なさに、花純はまたビクッと震えた。

「本当に敏感だな。もう硬くなってる」

恥じ入って、もじもじと花純が顔を背けると、ピン、と乳首を弾かれた。

「うぁっ……」

情けないくらい簡単に甘えた吐息が漏れた。人差し指と親指でそこをこねまわされ、腰までピクピクと動いてしまう。

「もっと素直に感じればいい」

「あっ、やっ！」

声をあげたときには、ショーツとストッキングが一気に引きずり下ろされていた。なにもかも剥ぎ取られてしまい、泣きそうになった花純の下肢に、彼の手が伸びる。

彼の指が、ぬるりと花弁を撫でた。自分でもわかるほどに、花純のそこは——

「濡れてる。感じやすいだけじゃない。濡れやすいのか」

「そ、そんなことなっ、あっ、やだぁっ……！」

花弁を掻きわけた利一の指が、絶頂の味を知って赤く熟れた陰核をきゅっと摘まむ。

目の前が白く染まるほど強い刺激に花純が大きく息を乱すと、長い指が蜜壺へ沈み込んだ。

身を竦めたけれど、五年前の初体験のときのような痛みはなく、濡れた膣道は彼の指を難なく呑み込んでしまう。

「痛くないか？」

「んっ、うっ……！」

頷きながらも、必死に唇を噛みしめて声を堪えた。

けれど、ひっきりなしに体が震えるくらい気持ちいい。

くちゅくちゅと濡れ音をたてながら、彼の指が肉壁をくすぐる。勝手に体が揺れて震えて、恥ずかしいと思えば思うほど、花純の気持ちとは裏腹に、利一の指に自分が絡みついていく。

指が二本に増やされて、お腹側を擦られると腰が浮いた。反対の手が胸に伸びてきて乳房を触りはじめると、いよいよ声だって抑えていられない。

「んんっ……やだ、もっ……ぁっ……！」

「ああ、同時にされるのが好きなんだな」

蜜壺を掻きまわしながら、彼が胸元に迫ってきてブラを押し上げる。赤い舌が、乳房の先端で張り詰める蕾を濡らした。大きく息を吸っても、体の隅々まで走る快感は逃がせない。

なにかがくる。また、さっきみたいに。抵抗しようと左右に首を振ってみても、体は教え込まれたばかりの絶頂を求めて勝手に上り詰めていく――

「あぁあっ！　……ん、はぁっ、はぁっ……」

ガクンと膝の力が抜け、花純はぐったりとしたまま荒い息を繰り返した。

「体中、真っ赤だ」

肌の上にキスを降らせてから、彼の熱が遠ざかっていく。

激しい快感の波にさらわれて、意識を失ってしまいそうだった。

しばらくそうして脱力しきっていた花純の耳に、カチャカチャと音が聴こえる。それがベルトの音だと気付いたときには、花純の脚は大きく開かされ、上体を折った利一の顔が鼻先に迫っていた。

「大丈夫、ゆっくりする」

それがなんの気遣いなのか、花純にはよくわからない。ゆっくりするのとしないのでは、どう違うのかを知らないからだ。

ただ、彼が今から挿ってくるのだということだけは、よくわかる。

視界に、薄い避妊具に覆われ、いきり立ったそこが飛び込んでくる。記憶にあるそれより凶悪で雄々しい気がするし、生々しくて心臓に悪い。

(でも、ちゃんと勃ってる……)

花純の顎に指をかけ、優しく上向かせてから、利一が唇を重ねてきた。キスが徐々に深くなると、胸を騒がせる不安が溶かされていく。

ドキドキする。それは、いやらしい行為をしていることに興奮しているからではなく、彼が好きだから。

欠けていたパズルのピースが嵌ったみたいに、自分のなかでなにかがストンと落ち着いた。

大学時代の悲惨な処女喪失体験になかったもの。

相手への信頼や、相手から想われているという実感。

（ああ、なんか、やっとわかった……）

大学時代のあの行為には、きっと互いに気持ちが伴っていなかったのだ。

利一が髪を撫でる手からも優しさが伝わってきて、肩から力が抜けていく。

彼の目には欲情のぎらつき以外にも、もっと甘いなにかが浮かんでいる気がした。

（大丈夫……大丈夫……）

好きな人が、欲しがってくれている。きっと、あんなことにはもうならない——花純の体がゆっくりと開いていくと、猛（たけ）りきった切っ先が膣口を押し開いて沈み込んだ。

「んんっ……」

圧迫感に、わずかに眉根を寄せる。しかし、くぷりと音をたてて入り込んだ剛直は、花純のなかをギリギリまで押し広げているのに痛みを与えない。

（痛くない……）

抜き差しを繰り返しながら、花純のなかを自分の形に押し広げて進んだ利一のそこが、最奥へと到達した。ズン、と体の奥を突きあげられたみたいに、お腹のなかが重くなる。

だけど、痛くない。

「はぁっ……」

息があがる。腰をぴたりと押し当てたまま、利一が色気の滲（にじ）む息を吐きだした。呑み込んだ肉杭がピクッと動くと、ゾクゾクと背筋まで震えが走る。

好きな人が、自分に欲情している。それが堪らなくて——

「きもちぃ、ぃ……」

恍惚としてこぼしたところ、花純はさらに脚を大きく開かされた。

「今のは、君が悪い」

「えっ、りいちさっ、あぁぁっ！」

大きく腰を引き、一息に打ち付けられると瞼の裏で光が明滅した。

雄の本能を剥き出しにした抽送に、抵抗なんてできない。逃げ場のない快感が甘くて苦しい。

「すごい締め付けだ。激しくされるほうが好きなのか」

「んんっ、そんなことなっ——あぁっ……！」

否定しながらも、激しく奥を突きあげられると否応なく花純の体は反応する。

利一は意地悪な顔で花純を見下ろしていた。腿の裏を掴んで大きく脚を開かせ、悠々と腰を送りながら好いトコロを探ってくる。

「ここが好きなんだな……覚えておこう」

「やぁっ忘れてっ……！」

首を左右に振って限界を伝えるけれど、腰を打ちつけられるたびに瞼の奥が赤く染まり、蜜口がきゅうきゅう彼に縋りついて気持ちいいと知らせていた。

「好きな女がこんなに乱れてるんだ。忘れるわけがないだろう。もっと気持ちよくなって、俺から離れられなくなればいい」

欲情と執着で掠れた利一の声。心も体も鷲掴みにされてしまう。経験したことのない激しい快感に息が乱れて、涙が眦から流れた。

利一が花純の脚を解放して、体を倒して覆いかぶさる。枕を掴んでいた花純の手を大きな手が包み込んだ。全身で好きと伝えられているようで、心も体も満たされていく。

「花純さん……」

また律動が加速した。投げ出した脚が強張り、利一の腰に絡みつく。

「りぃちさっ、もっ、ダメぇっ……！」

「一緒にイこうか」

わけもわからずに頷いた花純のなかで、屹立がさらに猛々しく質量を増す。拳を握った手に、力がこもる。花純の肌が真っ赤に染まり、与えられる快感の波に呑まれていく。

「ふぁ、あぁぁぁあっ……！」

ガクガク震えながら果てた花純のなかで、凶暴な肉杭もズクンと震える。

真っ白だった。全身の力が抜けて、呼吸以外なにもできない。花純を呼ぶ声のあとに優しいキスを唇に感じたけれど、目を開けることもできないままに意識はそこで途切れてしまった。

ピピピピッ、と小鳥が囀(さえず)るような電子音で目が覚めた。

朝が来た。月曜の朝だ。目覚ましを止めて、会社に行かなければ——

ぼんやりと開けた目に飛び込んできたのは、裸の胸板。視線を上に動かした先で、起き抜けの気だるげな表情で手を伸ばし、アラームを止めたのは利一だ。

(そうだ、昨日……)

彼と寝た。

「っ——……!!」

鋭く息を吸い込んだ花純は、布団のなかの状況にさらに愕然(がくぜん)とした。胎児みたいに丸まった体勢の花純の首の下には男らしい腕があり、脚にも彼の肌が密着している。全裸で、腕枕をされているのだ。

(わあぁぁっ……!!)

全身の毛が逆立って、思考回路が停止寸前に追い込まれる。こういうときにどうするべきか、頭のなかの恋愛指南書を猛スピードでめくる。わからない！

「悪い、アラームだ」

スマホのアラームを止めた利一は、花純に穏やかな笑みを向ける。

親密な笑顔。隙だらけの顔。きっと会社では見せない甘い顔。そんな顔で微笑まれると、うっかりキュンとしてしまう。そんな花純の内心を知ってか知らずか、利一は当然のように全裸のまま全裸の花純を抱き締めて、額（ひたい）にキスまでしてきた。

（きゃぁ～～～～ッ!!）

当たっている。いろいろ当たっている！

ロボットみたいな動きで体が跳ねると、彼の喉仏（のどぼとけ）が上下した。

「朝から真っ赤だ。恥（は）ずかしいのか」

「ち、ちがっ！」

「別の理由があるのか？」

別の理由なんてない。言い訳もできず、片手で顔を隠した。

セックスまでは一応経験があるとはいえ、甘い朝を迎えるのはこれがはじめてだ。

世の中の男女は皆、こんな恥（は）ずかしい朝を乗り越えてきているのか。心が強すぎる……。

はぁ、とため息をつくと、また利一の喉仏（のどぼとけ）が音もなく上下した。彼はどこまでも余裕だ。それがなんとも恨（うら）めしい。

「あんまり見ないでください……」

「花純さんが可愛いから仕方ない」

ベッドのスプリングが軋み、手首を掴まれる。シーツの感触を背に感じたときには、もう唇に彼の唇が重なっていた。

花純の頭は完全に動きを止めてしまった。ボッとショートする音まで聞こえた気がする。

ちゅ、ちゅっ、と音をたてながら唇が濡らされてゆき、後頭部に差し入れられた手に、乱れた髪を梳かれている。どうして抵抗できないんだろう。

(だって、なんだか……)

幸せな気分だから。好きな人に抱かれて目覚めて、可愛いなんて言われてキスされる。

(こんなふうにされたら……)

幸せすぎて、抵抗できない。

「仕事に行かないと」

名残惜しいとばかりの声でそう言って、利一はもう一度花純に口付けた。

「シャワーを浴びてくるから、君はもう少しゆっくりしてるといい」

恋愛映画で何度となく聴いたこのセリフを、実際に聴く日が来ようとは……

しかしこれも世の男女の多くが通る道なのだと、花純は恥じらいをねじ伏せて彼を見上げる。いつまでもモジモジしていられない。慣れなければ。

「……あの、今、何時ですか……？」

「五時だ」

「五時!?　利一さん、朝早いんですね……」

「そうか？　君の会社は何時からだ？　車で送る」

「いえ、大丈夫です。電車で行けますし……」

「送る。駅は？」

譲らない態度におされて、会社の最寄り駅を伝えてしまった。

彼のこのマンションは、花純の会社の最寄り駅から私鉄でも地下鉄でも五駅ほどの距離にあった。それこそ、電車で行ったほうが絶対に早い。

「あのシワが寄ったワンピースでは、朝帰りだとバレバレだ。君も、朝からジロジロ見られるのは嫌だろう？　会社では制服に着替えると、前に言っていたな。出社はそのままでも問題ないだろう。送っていく」

あらかじめ答えを用意してあったように論破された。もしかすると、本当にあらゆる切り返しを用意してあるのではないかと疑いたくなるほど、揺るぎない意思を感じる。

「俺がシャワーから出たあとで支度をしても、出社には間に合うだろう？」

「……はい」

「だったら、もう少しゆっくりするといい。昨日は疲れただろうから」

――夜は特に。

そんな含みを感じて、花純はまたしても顔を熱くして言葉を失う。利一は少し意地悪く笑ってベッドを出た。

視界に彼の裸体が飛び込んできて慌てて目を逸らす。脱ぎ散らかしたズボンを穿く気配のあとに、また花純の額にキスしてから彼は部屋を出ていった。

足音が遠ざかっていくと、ようやく肩の力が抜けた。

「はぁぁ……」

ベッドのなかでぐるんと寝返りをうち、枕に顔面を埋める。

「っ――!!」

ばんばん枕を叩いてみる。

画面越しの淡い淡い恋が、現実になった。

それればかりか、会ったその日にセックスしてしまった。

（どうしよう……！）

一年前からやりとりがあったとはいえ、ＳＮＳで知り合った男と、会ったその日に寝た。

（いやいや、違うの。身元がわかってたっていう安心感が……）

お見合いで知り合った御曹司といがみ合ったあと、その日に寝た。

（どっちにしろダメじゃん!!）

かぁーっ、とオヤジくさい呻き声をあげながらひとしきりジタバタしたあと、花純ははっとして枕から顔を上げた。

利一がシャワーを済ませたあと、シャワーを借りて、出社の支度をすることになる。

最低限のメイク道具は持っている。来客用の部屋があるのだから、歯ブラシくらいは予備があるのかもしれない。

だが着替えは？　メイク落としは？　化粧水は？　化粧下地は？

化粧はどのタイミングですればいい？　洗面所を占領していいのは何分までだ？

（それに、会社まで送ってくれるって言うけど……）

頭のなかに、黒塗りの高級車が現れる。

その車から降りるところを、誰かに見られでもしたら――

確実に「今の誰？」と訊かれるだろう。そのとき自分は、なんと答えればいい？

彼氏？　知り合い？　それともフォロワー？

（ていうか、この先はどうなるの……？）

昨夜彼が口走った『結婚を前提に』の続きは「交際」だろうか。

好きな人と想いが通じ合ったら、付き合いたい、恋人になりたいと思うのは普通のことだ。優しくて大人なreach731とそうなったら……なんて淡い想いが、なかったわけじゃない。

（でも、reachさんは御曹司……）

思い描いていたreach731は、おとなしくて奥手で平凡な三十代社畜系男子だった。花純の理解できる世界で暮らしている、同族の人間だ。

ところが実際の彼は、お金持ちで、イケメンで、優しいけれど、空気を読まない強引さも持っている。家は高級住宅地のマンションで、強制的にお見合いまでさせられるような立場にある、住む世界の違う人間だ。

社畜系男子なら、花純にもまだ恋人になれるチャンスはあったかもしれない。うまくいけば、長く長く付き合って、結婚だって――

だが、超がつくほどの大金持ちの御曹司と、ド庶民の娘なら？

見渡した室内は、カーペットが敷かれたホテルのような部屋。週四でお手伝いさんが家事に通うマンション。きっと頭のなかに浮かんだ高級車だって出てくるだろう。

だって相手は、オバケ企業の次男坊。

――がば、と花純は全裸のまま起き上がった。

「はぁぁ!?　それで、逃げてきちゃったの!?　イケメン放置して!?」

「ちょっ、駒ちゃん声大きいからっ」

ランチ時の混雑した洋食屋。

二人掛けのテーブルで、花純の向かいに座る同期の駒田菜々美は、フォークでブロッコリーを突き刺したまま小刻みに首を左右に振っていた。

「信じられないっ！　聞く限り、めっちゃいい物件じゃん！　お金持ちで？　共通の趣味があって？　ちょっと押しが強いけど優しい？　それを、置いてきたの!?」

「ちょ、本当に声大きいからっ」

周囲からの刺さるような視線に、二人は揃って小さく頭を下げる。

――利一がシャワーを浴びているうちに、彼のマンションを衝動的に飛びだしてしまった。

家に帰って落ち着いて支度をしたかったが、出社前の父と鉢合わせて朝帰りのお説教を受けることは避けたかった。

仕方なく、昨日コインロッカーに放り込んだ服を回収し、コンビニで必要なものを買い揃えて会社近くのネットカフェに入った。そこでシャワーを借り、コンビニで調達した地味なショーツとコインロッカーから回収した服に着替え、簡単にメイクを済ませて出社したのだ。

同僚たちには朝帰りなんてバレないだろうと思っていた。しかし鋭い駒田は、ロッカールームで制服に着替える花純の匂いが、いつものそれと違うことに気付いて――『ねぇ、せむちゃん、それってキスマーク？』

飛びあがった花純に、駒田はにんまり笑って『お泊まりだったんだ？』と鎌をかけたことを認めた。

いつものランチが事情聴取に早変わりである。

けれども、さすがにSNSで知り合った男とその日に寝ました、なんて言えない。だから、いろいろとぼかして伝えた。

――前々から、メッセージのやりとりをしていた人と会った。

――思いがけずイケメンで、それに親戚の知り合いだったから身元がはっきりしていた。

――共通の趣味もあり、話も盛り上がって、倒れたところを彼の家に運ばれてうっかりそのまま。

嘘はついていない。

（ついてないんだけど……）

おそらく駒田の想像しているお金持ちより、舘入利一のお金持ちレベルは上だろうし、

「知り合い」が「フォロワー」であると知られた途端に駒田の顔色も変わるだろう。

　自分は、世間からそういう目で見られることをしたのだと突きつけられるようで、胃が痛い。

「なんで置いてきちゃうかなー。連絡した？　相手は今頃ショック受けてるかもよ？」

「連絡してない。うーん……ショック受けるかな？」

「あたりまえだよ。自分に置き換えて考えてみなよ。エッチした相手が、お風呂に入ってる間に消えちゃったんだよ？」

「駒ちゃん、声大きいから……！」

「でも、なんで逃げちゃったの？　好きなんでしょ？」

「す……いや、そうなんだけど、もし付き合ったとしても、やっていけるのかなぁって急にいろいろ考えちゃって。わたしじゃ、つりあわないっていうか」

　甘い甘い恋の魔法が、彼が離れた途端にとけてしまったみたいだった。

　急に、怖くなったのだ。とろけるような幸せな朝を迎えた、その先を知るのが怖くなった。

　利一には、もっと相応しい人がいるのでは。自分ではつりあわないのでは。

　そう思ったら、あの場にはもういられなかった。

　花純は苦笑しながら、サラダのトマトをフォークで刺して口に運んだ。酸味の効いたドレッシングが、月曜朝の殺人的な忙しさを乗り越えた頭にしみる。

向かいの駒田がブロッコリーを咀嚼しながら、眉間にシワを刻んでいた。

「せむちゃん、難しく考えすぎ。恋はもっとシンプルでいいんだよ！　好きか嫌いか、一緒にいたいかいたくないか、それだけでしょ。難しいことは抜きにして、とりあえず付き合ってみれば？」

「とりあえずなんて、そんな簡単に割りきれないよ。うまくいかなかったら別れちゃうの？」

「恋愛ってそういうもんでしょ？」

「……こ、これは、そういうのにしたくないんだよね」

大学二年で失恋してから、誰にも恋なんてしなかった。やっと心に咲いた恋だったのだ。だからその恋で傷付くことに怯えている。

自分の今の心理状態を考えるに、一回優しく抱かれたくらいでは、過去の傷を乗り越えられなかったらしい。花純の心の一部になった傷が、恋は苦くて痛いものだと、あの場から逃げろと叫んでいた。

二十五歳にもなって、自分に自信が持てないなんて、情けない。

無意識にため息を漏らした花純に、駒田が「せむちゃんさー」と、優しく諭すような声で笑った。

「今すっごい切ない顔してるよ？　そんな顔しなきゃならないってことは、もう答えなんて出てるじゃん！　好きなら、ちゃんと捕まえとかないと。うちの社長がいつも言ってるでしょ。『このご時世、シンデレラだって強くなる。妖精は待ってても来ない。ハッピーエンドを望むなら、ガラスの靴だって自分で用意しなさい』って！」

「そっ――そこでどうしていきなり社長の話を出すかなぁ！」

二人の勤める、アパレル会社グラシューの若き女社長、松崎広歌。

モデルとして活躍していた彼女は、ある日突然裏方へ転身した。

彼女のデザイナーとしてのはじまりは、たった一着のコート。モデルの気まぐれと言われていたが、彼女のデザインはじわじわと人気を集め、今では小さいながらも関東に三店舗を構えるまでに成長した。

もちろん、グラシューは舘入商事のような大企業には遠く及ばない。まだまだ駆け出しの会社だ。

それでも、『女性らしく強くあれ』というブランドコンセプトを掲げて、自分の夢を掴んだ広歌の姿は、現代版シンデレラみたいで、グラシューの女性社員のほとんどは彼女に憧れを抱いている。花純も駒田もそのクチだった。

広歌なら、きっとどんな困難があろうとも好きな人から逃げたりしないだろう。体当たりでぶつかって、砕けたらそのときは笑って一からやり直す。

（わたしもそういう強い女の人になりたかったのに、なにしてるんだろう……）

ちょうどそこへ、注文していたパスタセットが運ばれてきた。日替わりメニューの、チキンとアスパラのクリームパスタだ。トレイの上の小さなデザートを見て、駒田が「おっ」と声をあげた。

「今日のデザート、プリンなんだ。ラッキー」

そこにあるのは、五百円玉大の小さなプリン。

OLのささやかな楽しみをreach731に話したのはいつだっただろう。

『ランチのデザート、シフォンケーキだとまあまあで、ヨーグルトだとちょっとがっかり。プリンならラッキーなんです』

そんなどうでもいい話を、あの優しい表情で、ずっと聞いてくれていたのだろうか。一年のやりとりと、利一の穏やかな微笑みを思い出して、胸がジーンと熱くなる。

（利一さんにひどいことをされたわけでもないのに、勝手に不安になって、勝手に飛びだしちゃった。ひどいことしたのは、わたしのほうだ。利一さん、怒ってるかなぁ……）

胸が罪悪感でいっぱいになる。

「駒ちゃん、ちょっとごめん。やっぱり彼に連絡してみる」

「そうだよ、仲直りしちゃいな」

「うん、ありがと――」

バッグからスマホを取り出すと、やけに通知が多い。

不在着信が数件と、母明美からのメールが二件。

明美からのメールは、昨夜きていたらしい『帰ってくる～？』と、ついさっき送信されたばかりの『おめでとう！』だ。

（おめでとう？）

文末には泣いて喜ぶ絵文字と、拍手の絵文字がズラーッと並んでいる。

宝くじでも当たったのだろうか？　ともあれ、明美からの連絡はおいておこう。

オレンジのアイコンをタップして、ＳＮＳのアプリを起動する。メッセージの新着を知らせる赤いバッジがついていた。

メッセージを確認しようとする手が震える。

――もし彼が怒っていたら？　もう会いたくないと拒絶するような文面だったら？

逃げた花純に彼が怒って一方的に終わりを突きつけたとしても、それは当然のことで、受け入れる他ない。そして、花純がどんなに傷心でも、月曜の午後の仕事は待ってくれないだろう。

見る？　見ない？

タップする直前で指が止まる。迷った花純の手のなかで、ブーッと低く唸るようにスマホのバイブレーションが着信を知らせた。父からの電話だ。

「うわっ……」

きっと、不在着信も父だったのだろう。花純が出るまでかけてくる気だ。今スマホを操作したら、うっかり通話ボタンを触ってしまうかもしれない。

気絶しそうなほど長い、無断外泊へのお説教を想像して、花純はスマホをバッグにしまった。

「もう連絡したの？」

「まだ。お父さんから着信入っちゃって。あとにしろってお告げかも」

「なにそれー。メールじゃなくて電話しちゃえば？」

会社用の電話番号しか知らないんだよね——とは言えず、花純は曖昧(あいまい)に笑って「ゆっくりしたいから」と言い訳した。

◆◇◆

午後八時。

団地の古びたエレベーターの動きを、いつも以上に遅く感じる。

ランチから戻った花純を見つけるなり課長が、『明日の朝まで！』と資料作成を丸投げしてきたため、こんな時間の帰宅になった。花純は課長に内心毒づきながら、電源の切れたスマホを意味もなく手のなかで揺らす。

午後三時に一息入れようとスマホをチェックしたときには、バッテリーが尽きていた。きっと父の連続コールのせいだ。おかげでまだ、利一に連絡できていない。

（早く～はやく～……）

五階に到着するなり、のろのろと開くエレベーターのドアの隙間をすり抜ける。塗装のはげた自宅の玄関扉を開けて、なかに飛び込みパンプスを脱ぎ捨てた。

いつもより玄関が片付いている。傘はくるっと巻いてあるし、両親のサンダルやスニーカーも出ていない。来客でもあったのだろうか。

「ただいまー！」

「あれ～？　忘れ物～？」

台所から明美の声がして、さらに首をひねる。

忘れ物？　いったい、なんの話をしているのだろう。

もしかして、結婚して家を出た姉が来ていた？

（それで、わたしをお姉ちゃんと間違えてる？）

とりあえず、居間のコンセントに差しっぱなしにしてある充電器を目指した。

台所は居間の続きだから、明美との話は充電しながらできる。

「忘れ物って？　お姉ちゃん来てたの？」

食卓の脇から伸びる充電器をスマホに挿し込むと、食器を洗っていた明美が振り返った。

「え？　真已？　来てないけど？　あ〜、その充電器ね〜！　お母さんすっかり忘れてたわ」

噛み合わない会話に眉を顰めつつ、花純はスマホの電源を入れる。

パッと画面が明るくなり、長いローディングがはじまった。

駅から走って帰ってきたせいで、喉が渇いた。

いったんスマホを置いて冷蔵庫からお茶を取り出す。タオルで手を拭いていた明美が近付いてきて、戸棚を漁りはじめた。

「ご飯食べた？　帰ってくると思ってなかったから、夕飯用意してないのよ」

「食べてないけど……？」

なぜ帰ってこないと思ったのだろう？

（もしかして、無断で外泊したから怒ってる？　これって嫌味なのかな？）

二十五年間の人生で、無断で外泊したのはこれが二度目だ。

一度目の帰宅後はショックのあまり家族の反応なんて気にする余裕はなかったが、そのときもこんなふうに嫌味を言われていたのだろうか。

（でもお母さんが嫌味を言うなんて、なんか変な感じだけど……）

戸棚から探し出したカップ麺をシャカシャカ振りながら「食べる？」と尋ねてくる明美は、怒っているようには見えない。

けれども、嫌味を口にするのは娘の勝手な振る舞いに思うところがあるからだろう。メールもきたくらいだから、心配してくれたのかもしれない。

二十五歳の外泊なんて謝ることではない気もするけれど、一応、謝罪はしておこう。

「……昨日はごめんね。連絡もしないで、帰らなくて」

「ううん、メールしたあとにね～、電話もらったから心配してなかったのよ」

「電話？」

「そう。舘入さんから」

「舘入さん……？」

「ああ、舘入さんっていうのもおかしいわよね～。利一くんって呼んだら怒るかしら？」

あははは、と笑う明美の声が頭のなかでプツンと途切れた。

利一くん。親しげな呼び方に、サーッと体から血の気がひいていく。

頭が追いつかない。話の流れで、状況はなんとなく認識している。けれども、理解したくない。

誰と、誰が電話したって？

「き……昨日、電話したって……誰と……？」

「だから、利一くん。恵子ちゃん経由で家の番号を聞いたみたいでね、わざわざ連絡くれたのよ～。花純さんは今夜うちに泊めますからって」

「はぁっ――――!?」

どのタイミングで!?

セックスの前!? 後!?

どちらにせよ、いったいどんなメンタルで明美に連絡したというのか!

「ほら、年頃の娘がデートに出かけて帰らなかったら、やっぱり心配でしょ～? だから連絡があって安心したわ～。本当に好青年ねぇ!」

カァッと顔に熱が集中する。なぜそこで好感度が上がったのかも、なぜ利一が平然と明美に連絡できたのかも、なにひとつ理解できない。

ただただお泊まりの相手がバレて恥ずかしいだけだ!

「本当はね～、花純がぜんっぜん彼氏を連れてこないから、お母さん心配してたのよ。ほら、真己は何人も連れてきてたでしょう? あれはあれで心配だけど、全然っていうのもねぇ。花純ったらお見合いのあともプリプリ怒ってたし～。だけどこれで安心だわ。あんな素敵なカレシなら文句ないわよ～!」

「かっ、彼氏じゃないっ!!」

「ああ、そうよね～、もう婚約者なのよね～」

「っ――――なんの話!?」

「あらら、恥ずかしがっちゃって～！」

頭のなかが真っ白になる。

知らないところで、知らない話が進んでいる。

社用携帯でもなんでもいい、とにかく、今すぐ彼に連絡しなければ！

（婚約とか、勝手に話が大きくなってるし！）

ローディングを終えて起動したスマホを充電器から引き抜き、バッグを掴んで居間を出ようとした。

明美が首を傾げる。

「どこ行くの？」

「部屋っ！」

「なにしに？　忘れ物なんてあった？」

「……さっきからなに言ってるの？　電話したいだけ。いいでしょ別に。聞かれたくないこともあるの！」

これ以上、明美に詮索されたくない。居間を飛びだし、短い廊下を通って自室のドアノブに手を掛ける。うしろから明美の足音が追いかけてきた。

「部屋に行くのはいいけど、なにもないわよ？」

「……………は？」

頭でも打ったのだろうか。さっきから明美がなにを言っているのか、さっぱりわからない。

忘れ物だの、なにもないだの。いったいどうしてしまったのだろう。

（いやでも、先に連絡を！）

明美の様子も心配だが、今は先に解決しなければならない問題がある。

明美を無視して、部屋のドアを開ける。

廊下のあかりで、慣れ親しんだ自室のなかが照らし出された。

——なにもない。

明美の言うとおり、本当になにもない。荷物が、なくなっている。

「えっ……」

呆然とする以外の反応ができない。頭のなかは真っ白だ。だって、ない。

ベッドも、衣装ケースも、ＤＶＤラックも。全部、なにもかも、なくなっている——

「わ、わたしの荷物はっ⁉　どこにやったの⁉」

「どこって、同棲するんでしょ？」

「はあぁっ⁉」

「あらっ？　聞いてないの？　今日うちにもご挨拶（あいさつ）に来てくれたんだけど。お父さん泣いちゃってね～！」

「ちょっ、来たって誰がっ⁉」

「利一くん」

「うちに来たのっ⁉」

「そうそう。お嬢さんをくださいって。それで、今日から向こうで一緒に暮らすからって、引っ越し屋さんが花純の荷物、ぜーんぶ運びだしちゃったわよ～あはははは！」

「は――――」

はあああああああああああああ⁉

4

午後九時。

真昼のようにまばゆい光の点るエントランスに、二十四時間体制で警備員が常駐している高級マンション。中年警備員の怪訝な視線をものともせず、インターホンに利一の部屋番号を入力して呼び出しボタンを連打する。

『はい』

「瀬村ですがっ!!」

『どうぞ』

(どうぞじゃないし!!)

高速エレベーターに乗り込むと、音もなくドアが閉まって最上階までノンストップだ。

団地のエレベーターで五階まで上がるより速いのが腹立たしい。

――そう、これは八つ当たり。わかっているけれど、なにもかもに腹が立つ！

勝手に婚約やら同棲やらと話を進め、両親に挨拶まで済ませて、あろうことか実家から荷物まで運びだすなんて、本当に信じられない。

こういうことは普通、双方の意思がかたまってから話を進めるものだ。

確かに昨日、彼は『結婚を前提』だの『一緒に暮らさないか』だのと言っていたけれど、花純はそのどちらにも同意した覚えはない。

好きな人から求婚されたらどんなに嬉しいだろうと、女性なら誰しも一度は想像したことがあるだろう。十人並みの容姿で性格も地味と自覚する花純だって、もし好きな人からプロポーズをされたら、きっと映画のワンシーンのように喜んで涙するんだろう、なんて思っていた。

それなのに――

(なにこれ!!　なんなのこれ!!)

嬉しくない。それどころか一方的過ぎて、結婚に対する憧(あこが)れを土足で踏みにじられている気分だ。

とても彼が本気とは思えない。金持ちの道楽。ちょっとした遊び——違う、彼はそんな悪い人じゃない。だけど誠意は感じられない。

胸の奥に絵の具をぶちまけたかのように、いろんな感情がせめぎ合っていた。

腹立たしさと怒り以外に、悔しさと、ほんの少しの落胆と。

交際も婚約も同棲も結婚も、もっと時間を掛けて段階を踏んでくれたなら、喜んで受け入れられたかもしれないのに——

高速エレベーターが止まり、ふわっとした浮遊感が体を包んだ。

余韻にひたることなくドアの隙間から廊下に飛び出し、利一の部屋のインターホンを借金取りよろしく連打した。すぐに内側からドアは開き、涼しい顔をした利一が花純をなかへ招いた。

「わたしの荷物返してくださいっ！」

廊下で叫びかけたところを、腕を掴(つか)まれて玄関に引き込まれる。ガチャンと利一が鍵を締めた。

「どうしてこんなことしたんですかっ!?　信じられない！」

「驚いたか？」

「はぁ!?」

「急に荷物がなくなっていて、驚いただろう?」

利一の唇が、意地悪く歪(ゆが)んだ。彼は悠々と一歩踏み出し、花純を壁際に追い込む。

花純の実家とは比較にならないほど広い玄関なのに、逃げ場がない。

「俺も驚いた。今朝、突然君がいなくなって」

「っ………!」

「書き置きも、連絡もなしだ。君を失ったのかと思った」

花純のいない部屋で立ち尽くした彼の姿が浮かぶ。心臓を針金で縛りあげられたように、罪悪感で息がつまった。

そんなつもりではなかったと、言い訳が喉元までせりあがった。けれど、同時にはっとする。

今、彼は、花純が突然いなくなった報復として荷物を運びだしたのだと、暗(あん)に認めたのではないか?

「……嘘、仕返しのため? 今朝、わたしが勝手に出て行ったから、こんなことしたの……?」

「仕返し? 違う。君が逃げるからだ。君は、すぐに逃げる。昨日もずっとそうだった。俺が真剣な話をしようとすると、君は必ず逃げた。だから、もう逃げられないようにしたんだ――」

利一の両腕が伸びてきて、花純の体を抱き締める。

小さな子供がぬいぐるみを抱き締めるようにきつく腕のなかに収められて、カァッと体温が上昇した。

抱き締めてくるなんて反則だ。好きな人の匂いや体温に、一瞬怒りが萎びそうになってしまう。

「は、離してよっ!!」

ワイシャツ越しの胸板を押し返すけれど腕力では敵わない。

「暴れても無駄だ。絶対離さない」

「やだっ、ちょっと、本当に離してっ!!」

「花純さん、俺は君と結婚する」

「っ――……えっ、はいっ!?」

したい、ではなく、する!?

宣誓でもするような口調で、今度はなにを言いだしたのか！

「なに言ってるの!?　結婚なんてしませんっ！　離してっ!!」

「離さないし、もう決めた。この件に関して譲る気はない。三ヶ月以内に、君と結婚する」

「はっ――三ヶ月!?」

「言っただろう？　俺は、三十までに結婚しなければいけない」

記憶のなかで、彼の声が蘇る。

――舘入利一、七月三十一日生まれ。

――三十までに結婚しろと言われている。

今は四月だから、つまり彼は、あと三ヶ月以内に結婚しなければならないのか。

「悠長に構えている時間はない。結婚に備えて、もう一緒に暮らしはじめてもいい頃だ」

「いやいやいや、結婚に同意してないからっ！　だいたい、三ヶ月以内なんて期限も利一さんの都合でしょ!?　わたしを巻き込まないでよ！」

「俺の都合は君の都合だ。君は、俺と結婚するんだから」

「っ――――!?」

話が通じない。噛み合わない。かと言って、意図的に話を逸らされているわけでもないので、彼のなかで、結婚は決定事項になっているようだ。花純の同意のないままに。

「かっ――勝手に決めないでよ!!　結婚なんてしませんっ！　お断り！　結婚なんてお断りですっ!!」

「可愛い。却下だ」

「ちょっと!!　真剣に話を聞いてよ!!」

「話を聞いていないのは君だ。俺は、君が好きだと伝えた。婚約の話もしようとした。それを全部遮って逃げたのは君だ」

そのとおりだった。昨日、大切な話の気配を感じ取っては遮って、今朝彼を置いてこのマンションから逃げたのは花純だ。

「君が好きだから一緒にいたい。君を手に入れるためなら手段は選ばない。君が逃げるなら、閉じ込めるだけだ」

（嘘、本気なの……？）

半信半疑だった。あまりにも突飛すぎて、お金持ちの道楽に巻き込まれたみたいな被害者意識があった。だけど、違う。切実な声と、服越しに伝わる熱。離さないという言葉を表す強い抱擁。利一は本気で、花純と結婚したいと言っている。

途端に心臓が駆けだした。

「花純さん、俺は君が好きで、君も俺を好きになってくれた。想い合う二人が結婚する。自然なことだ」

今度はなんの話だ……？

至極真っ当な意見に聞こえるけれども、論点が微妙にずれているのはどうしたらいいのだろう。切り返しが斜め上すぎて、どう反論するのが正解なのかもわからない。

「俺は毎日定時に帰れるわけじゃない。生活は不規則だと思ってくれていい。三ヶ月後に結婚するとなると、婚約者と相談すべきことは山ほどあるだろう。そのためにも婚約期間を同棲して過ごす。これは自然な流れだ」

それは確かに、三ヶ月後に結婚するとしたら、婚約者といつでも話せる環境は花嫁にとっても望ましいかもしれない。

婚約期間中の同棲なんて、響きだけで甘い日々が浮かぶ。同意した覚えはないけれど……

「大丈夫、心配はない。君のご両親は結婚も同棲も認めてくれている」

結婚で一番の難関となり得る両親の同意を、この人はすでに取り付けている。

全部に、理由を用意している。悪質なセールスの手法を実演されているみたいだ。

絶対に判を捺させる――婚姻届に。そんな執念。

執念すら感じる。

「花純さん、俺は君と結婚したい」

さんざん振り回されて乱れきった心にストレートな言葉がクリーンヒットして、胸のなかで甘いなにかが大量分泌された。

抱擁が解かれて、肩を掴まれる。壁に背が押し付けられ、気持ちを注ぎこまれるみたいに熱っぽい視線で貫かれて、一瞬息が止まった。

「俺は、絶対に君を手放したりしない。だから、諦めてくれ」

「っ――……！」

唐突な口付けに抵抗が遅れた。

濡れた舌が口腔を蹂躙し、遅れてあげた悲鳴が彼の喉の奥に消えていく。彼のワイシャツを掴んで首を振った。一瞬離れた唇が追いかけてきて、また深いキスが花純を襲う。

「んんっ……！」

いつの間にか首のうしろを彼の手が固定していた。挿し入れられた舌を、舌で押し返そうとする。けれど、反対にきつく吸われて膝が震えた。ジリジリと痺れる舌が解放され、また花純の口のなかが利一に侵されていく。口蓋をくすぐられると、力が抜ける。

「ふぅ……ん……」

体が言うことを聞かない。昨日までなら抵抗できたはず。だけどもう、濡れた唇が触れ合うのも、舌が絡まるのも気持ちいいと知ってしまっている。

腰砕けになった花純を支えるように、彼の熱い手が腰に回されていた。その熱が腰から子宮に伝わったみたいに、お腹の奥が疼きだす。

「甘えた顔になってきた」

低い声に、じりりと下肢が痺れた。息があがり、鼻に甘い吐息が抜ける。絡みつく舌も流れ込む唾液も受け入れてしまう。心臓がどくどく鳴って、全身が燃えるように熱い。

「んぅ、やぁっ……！」

首を振って声をあげた花純のスカートが、たくしあげられた。

「……嫌？　だったら、確かめてみようか」

内腿を長い指先がスーッと辿り、全身の毛が逆立った。彼の両手が下肢へ走り、ビリッという耳慣れない音が静かな玄関に響く。

破れたストッキングの裂け目から、彼の指が入り込み、ショーツを避けて秘処に触れた。

ぬるついたそこを長い指がゆっくりと往復すると、体が小さく震える。

「利一さっ……やっ、やだぁっ……！」

「……嫌だなんてよく言えたな。キスだけでこんなに濡らしておいて」

意地悪な言葉とは裏腹に、彼の声は優しい。ワイシャツに額を擦りつけるように首を横に振るけれど、花弁を撫でる指に思考はとろけて言葉はなんにも出てこない。脚を閉じたい。それなのに、膝が震えて力が入らない。

ドア一枚隔てた向こうは共用部分。もし人が通りかかったら。こんな場所でしてはいけない行為をしている。そう思えば思うほど、奥から愛液が溢れだして息が乱れた。

秘裂を撫でつけていた指が、とぷりとなかに沈み込む。

「うっ……っ……！」

唇を噛んで必死に声を堪える。彼の指は、なかの様子を探るように閉ざされていた蜜路を押し広げた。腰の内側に熱がたまる。ムズムズと奥が疼いて、膣壁がねっとりと彼の指に絡みつくのが、どうしようもなく恥ずかしい。

「んっ、やぁっ……！」

「拒絶もできないくらい感じてるのに？」

くちゅくちゅとわざと音を立てるように掻きまわされると、乱れた呼吸に甘えた声が混ざりはじめる。

「君より、こっちのほうが正直だ」

圧迫感が増して、指が増やされたのだと気付いたけれど、どうすることもできない。シャツを掴んで、彼の胸板に顔を埋めて必死に声を抑える。胸を満たす利一の匂い。快感の火照りと彼の体温が混ざり合い、熱に浮かされたみたいにクラクラした。

膝が震えて、ほとんど自力で立っていられない。しがみつく花純を彼は、腰を抱えたまま壁に押さえつけて、蜜壺を掻き乱す。

「んんっ……ぅあっ……！」

内腿がガクガク震える。淫液を誘いだすように彼の指が蜜路の奥を押し上げて、お腹の奥がズンと重くなった。昨夜の抽送の記憶が呼び起こされ、声を抑えられない。

「ん、ぅっ、あぁっ……！」

利一のワイシャツが、花純の熱い吐息で湿っていく。

全身が燃えるように熱い。お腹側の好いトコロを擦られると腰が跳ねて、そのたびに媚肉が彼の指を締めつけた。

片方のパンプスが脱げた。ガクンと倒れそうになる体を利一の腕が支えて、さらに密着度が増す。それでも彼の手は止まってくれなくて、執拗に花純を追い込んでいく。とめどなく溢れる愛液が、内腿まで濡らしていた。

もうダメ、もうこれ以上は――

「あぁぁっ……！」

ビリビリと甘い痺れが全身を駆け抜けた。

ガクンと膝から力が抜けて、崩れた花純を利一が抱き留める。

「はぁ……はぁ……」

彼の腕のなかで、乱れた呼吸を繰り返すことしかできない。閉じた瞼の裏側で、どんどん世界が遠くなっていく。

「花純さん……」

抱き締める腕に力を込めながら、利一は低い声で花純を呼んだ。

「どうしても君が欲しい」

コロン、と、もう片方の足からパンプスが抜け落ちて、体が宙に浮いた。横向きに抱き上げられたのだと気付いたけれど、絶頂の余韻で朦朧（もうろう）とした頭には、ろくな言葉が浮かばない。

廊下の先の部屋に辿（たど）り着くと、ゆっくりとベッドの上に横たえられた。

硬いマットレスとシャリッとしたシーツの質感を感じたあとに、体の上にとろけるようなやわらかい布が掛けられる。

焼きたてのクレープみたいにしっとりとした、肌掛け布団だった。

（え……？）

介護のように頭を持ち上げられて、その下に枕が差し入れられた。

ぼんやりとしながらも戸惑いを隠しきれない花純の額（ひたい）に、キスが降ってくる。

「君は本当に思ったことが顔に出るんだな。そんなに驚いた顔をして。このまま、君を抱くと思ったのか？」

玄関であんなことをして、『どうしても君が欲しい』なんて言われて寝室に連れ込まれたのだから、むしろそれしかないと思っていた。

「君が続きを望むなら、俺はいくらでもできる。したいのか？」

肌掛け布団の下で、おそるおそる左右に首を振る。

従順に体が悦（よろこ）びを示したように、彼に求められることへの嫌悪感はない。けれど、このまま流されてしまうのは嫌だった。

利一が眉を下げながら笑って、昨夜も今朝も何度もそうしたように花純の髪を優しく撫でる。

その行為には、彼の純粋な気持ちだけが凝縮されている気がした。

「今日のところは我慢する。だから、そんな怯えた顔はしなくていい」

「……本当に？」

「嘘はつかない」

「……でも、わたしの両親に、嘘の結婚話、しましたよね」

「嘘じゃない。君と結婚する」

しない、と反論しかけた花純の唇に、利一のそれが軽く重なる。

強引なはずなのに優しいキスと、愛おしむように髪を撫でる手に、覚醒しかけていた頭がまたぼんやりとしていく。

肌掛け布団の向こうに彼の昂りを感じたけれど、彼の手は決して顔より下には触れてこない。

「君が好きだ。君を、大切にしたい」

体を重ねるよりも特別ななにかを与えられている気分になるのは、幻想なんだろうか。

昨日から乱高下を繰り返していた感情が落ち着きを取り戻しはじめると、急速に眠気が意識を攫おうとしてくる。

やがてくったりと花純の体から力が抜けてゆき、こつんと額が合わさった。

「君が好きなんだ、花純さん」

秘密を打ち明けるような囁きには、切実な想いが滲んでいた。

眠気に無防備になった心のなかで、大切ななにかを見つけたような気がした。

彼の強引さやストレートな甘い言葉に花純が戸惑っているのと同じく、彼も、もしかしたら――

恋愛に及び腰な花純に、手こずっている？

（そんなわけ、ないか……）

無意識に口元が緩み、彼の親指が頬を撫でたときには、花純は心地よい微睡みに呑み込まれていた。

◆　◇　◆

ピピピピッ、と小鳥が囀るような電子音。

自分を抱き締める大きな熱がゴソゴソ動いて電子音がぴたりと止まる。ハッとして目を開けたときには、利一の顔が迫っていた。

（そうだ、昨日、利一さんの家に――）

昨夜の記憶に呑み込まれかけていた花純の額に、ちゅ、とキスが降ってくる。

（もうっ～～～！）

「おはよう、花純さん」

恥ずかしい。恥ずかしい！

服を着ていても、同じベッドで目覚めて『おはよう』と言われること自体がこそばゆい。その上平然とキスしてくるのだから、朝から刺激が強すぎる。

（これが普通なの……!?）

付き合いはじめは甘い時間を楽しむものだと言うけれど、これが続いたら寿命が十年は縮まる。利一によって。

湯気が出そうなほど熱い顔を手で隠すと、利一がかすかに笑ったような息づかいが聞こえた。やっぱり自分だけがあたふたしているのだと突きつけられて、それがなんとも恨めしい……！

「恥ずかしいのか」

「……見ないでください」

「花純さんが可愛いから仕方ない」

「っ……も、もう、その、可愛いって言うのやめてください……」

「事実なのに」

この人は、またそんなことを言って……!!

反応に困った花純の手を掴んで、彼が唇にキスをする。わずかな抵抗もむなしく、押し潰された唇が濡れていく。

薄暗い寝室に満ちていた朝の清らかな空気が、一瞬で甘ったるい恋人の色に早変わり。

髪を撫でられながら優しいキスをされるのが心地よくて、彼の腕のなかで丸くなったまま、すっかりとろかされてしまっていた。

唇が離れていき、ぼーっとした頭で目を開ける。視界に映った利一の微笑みに、胸がドキンと高鳴った。

「顔が真っ赤だ」

「言わないでくださいっ」

「これからはこれが君の日課になるから、慣れてくれ」

「日課!?　いやっ、わたし、ここで暮らすなんて納得してな──……」

唇に、利一の人差し指がぴたりと押し当てられる。

黙れと言葉にされるより、ずっと迫力がある。

「君の主張は夜に聞こう。俺は今から、シャワーを浴びてくる──今日また逃げたら、追いかけて会社に行くから覚悟してくれ」

「っ――――!?」

「君がグラシューの社員だと聞いて驚いた。会社の場所はわかってる。今度逃げたら、俺は瀬村花純の婚約者として君を迎えに行く。君の会社の社長も、社員たちも、君の婚約者が舘入の次男だと知ったら驚くだろう」

「――おっ、脅しですかっ!?」

「逃げなければいいだけの話だ。俺はやると言ったら本当にやるから、そのつもりで」

利一の口元は笑っているが、目は一切笑っていない。

(昨日逃げたこと、めちゃくちゃ根に持ってる……!)

彼がシャワーを浴びている間に、書き置きも残さずにいなくなった花純が悪いとはいえ、勝手に人の両親に挨拶して結婚の承諾を取り付け、同棲を開始するからと荷物まで運び出してしまった利一だ。会社に乗り込むくらい平気でやるだろう。

(この脅しは、本気だ……)

花純の職場に、スーツを着た御曹司が乗り込んでくるさまを想像して、ブルッと体が震えた。逆らうと、ろくなことにならない気がする。

こくこくと頷いたところ、彼は満足そうに笑みを深めて、花純の頬にキスしてから部屋を出て行った。

足音が遠ざかっていくと、ようやくホッと肩から力が抜けた。

（なんか、とんでもない人につかまっちゃった気がする……）

reach731が、こんなにも強引な一面を持っていたなんて。

特大のため息をつきながら、ベッドに座って室内を改めて見回した。

広い室内は落ち着いた色の家具で統一されていて、昨夜の客室よりはまだ生活感がある。

ソファには、おそらく昨日脱いでそのままにしたであろうジャケットが掛かっているし、サイドテーブルにはタブレットが置いてある。

部屋の隅に陣取っている巨大なマッサージチェアが、お金持ちの仕事人間の部屋っぽい。あのマッサージチェアは、いい仕事をしそうだ……

部屋には二つのドアと、引き戸が一つ。引き戸は収納だろう。さっき利一が出て行ったドアは廊下に繋がっているから、もう一つのドアは、続き間に通じているのかもしれない。

このマンションには、いったい部屋がいくつあるのだろう？

これだけ広いマンションだから、二人で暮らすにも不自由はなさそうだけれど。

（ここで、利一さんと、暮らす……？　いやぁそれはダメ！　無理無理、絶対無理!!）

そんなことをすれば本当に、同棲どころか、三ヶ月以内に婚姻届に署名捺印させられてしまう。

（どうしよう……だってまだ付き合ってもないのに、三ヶ月以内に結婚なんて絶対無理！）

だが困ったことに、彼は花純と結婚する気でいるらしい。

少なくとも、昨夜の彼は本気だった。

──花純さん、俺は君と結婚する。

彼の声が蘇り、ボッと顔が熱くなる。

（ダメダメダメ！　乙女心だけで突っ走って結婚なんてできない！　だって、普通は半年とか一年とか付き合って、お互いのことをよく知ってから結婚って流れに……）

──花純さんが、俺に声をかけてくれてから、今日でちょうど一年だ。

ボボボッと、さらに熱が上がった。

（ちがっ、確かに一年やりとりしたけど、御曹司だなんて聞いてなかったし！　それに、こんな強引に同棲やら結婚やら進められるなんて、今後の生活が心配すぎる！）

──俺は、絶対に君を手放したりしない。だから、諦めてくれ。

「くぅっ…………！」

彼の言葉が蘇るたびに高鳴る心臓が憎らしい。

頭は混乱したままで、解決策どころか、自分がどうしたいのかもはっきりしない。

気持ちのはけ口を求めて、ベッドに横になり、枕をばんばん叩いてみる。

（あんなこと言われたら、ドキドキするに決まってるでしょうがっ!!）

枕相手に格闘し、疲れ果ててぐったりしたところに勢いよくドアが開いた。

戻ってきた利一は、ズボンは穿いているものの、首にタオルをかけただけで上半身は裸だった。濡れた黒髪からポツポツ雫が滴り落ちていて、ろくに拭いていない様子だ。

そんな状態で戻ってくるなんて、なにかあったに違いない。

「どっ、どうしたんですかっ!?」

飛び起きた花純が問うと、利一の表情がホッとしたようにやわらかくなっていく。

「――……なんでもない」

そう言った彼の顔は、どことなく幸せそうで。

さんざん脅しておいたとはいえ、花純がまた逃げだしたのではないかと心配になって慌てて戻ってきたのだと察して、キュン、と胸が苦しくなる。

（はぁぁぁぁっ……！）

悟られないように心のなかで特大のため息をついたけれど、紅潮した頬は隠せなかった。

◆

◇

◆

「せむちゃんおはよ！　それでそれで？　昨日のカレとはどうなったの？」

出社するなりロッカールームで駒田の質問攻めにあい、苦笑せざるをえない。

駒田の隣のロッカーにバッグを放り込んで、カーディガンを脱ぐ。

「あー、仲直りしたんだぁ？　シャンプーの匂いがいつもと違う」

ニヤニヤ笑う駒田は、本当に鋭い。

だけど、話せることなんてなにもない。

――花純の荷物は、本当に利一のマンションに運び込まれていた。

優秀な引っ越し業者により荷解きは済んでいたけれど、やはり慣れない場所での身支度はいつもどおりとはいかない。出社準備に随分時間がかかってしまった。

朝食の席で合鍵を渡されて、彼の宣言どおりに駅前まで車で送ってもらっただけ。

同棲も婚約も結婚も、大事な話はなにもできていない。

それに、お互いの仕事前に言い争う気にもなれず、花純もごねるのはやめにした。彼の言うように夜に話し合うのが妥当な気もしてたから。

(だけど、本当にどうしよう……)

考えただけで疲れた笑いが込み上げてくる。

帰宅したら、荷物が勝手に運び出されていたなんて。

それどころか、勝手に両親に挨拶(あいさつ)を済まされ、勝手に結婚の話がまとめられかけてるなんて。

しかも相手は、大企業の御曹司。

非現実的すぎて、自分でも受け止めきれない。

「おやおや？　瀬村花純さん、黙秘ですか？」

「そうです。黙秘です。まだなんにも解決してないから、話せることなんてないの」

笑って駒田を黙らせて、花純も素早く制服に着替えた。

今日は火曜日。返品データと、セール用の商品タグのサンプルが午後に届く予定だ。

午後は、返品処理とタグのサンプルチェックで潰れることになるだろうから、午前中にどこまで日常業務を片付けられるかが勝負になる。二日連続で残業はしたくない。

グラシューの営業事務チームは、営業スタッフのサポート以外にも手広く仕事を受け持っている。

電話対応や来客対応はもちろんのこと、発注書の作成やウェブ受注の処理、生産管理のフォローなども業務に含まれる。

毎日なにかしらの締切りや納期が迫り、めまぐるしく一日が終わる。ドラマのように、美顔ローラー片手にお菓子を食べているスタッフなんて一人もいない。

営業事務チームの主任、バツイチ男の相澤（あいざわ）の言葉を借りるなら『毎日が戦い』だ。

けれども、花純はその戦いを嫌だと思ったことは一度もない。

単調なルーティンワークもあるけれど、自分の仕事にやりがいを感じていた。

（さぁ、今日も働くぞ）

リップを塗り終えた駒田も、同僚の恋愛の事情聴取をする刑事ではなく、戦う営業事務員の顔になっていた。

「せむちゃんトイレ寄っていこ」

「うん」

「そういえば、この間さぁ」

何気ない業務上の会話を楽しみながらロッカールームを出て、営業課のある階下へ下りてトイレへ向かう。

グラシューは女性社員が多く、朝は特にトイレが混雑して廊下まで列が続いている。

しかし今日はまだ混雑のピークを迎えていないようで廊下に列は伸びていない。

「空いてるね。ラッキー」

時計を確認すると、時刻はまだ八時十五分。

八時半の始業直前のピークより先に、トイレに到着できたらしかった。

しかし、花純の前を歩いていた駒田が、ピタリと足を止めた。手洗い場のほうから、疲れた声が聞こえてくる。

営業事務チームのベテラン、柴田（しばた）と飯塚（いいづか）の声だ。

「――だって月末の連休明けでしょ？　発表になるの」

「みたいねぇ。早く発表してくれればいいのに。コラボなのに、どうしてコソコソするのかしら」

「さぁ。向こうサマのご意向なんじゃないの？　私たち末端社員の苦労なんて、大企業のお偉方は知ったこっちゃないんでしょ～」

グラシューは若い会社だ。その創設時に、事務経験豊富なベテランとして入社した二人の会話は、おそらく花純や駒田が聞いてはいけない類(たぐい)の話。

顔を見合わせて、そーっと回れ右してオフィスへ向かう。

花純の腕をがっしりホールドした駒田は、ニヤついた笑みを隠しきれていない。

「聞いた？　コラボだって。それで最近主任もピリピリしてたのかな？　せむちゃん知ってた？」

「知らない。でも、納得。新人の田中(たなか)さんの研修もわたしと駒ちゃんに任せっきりだったし、柴田さんと飯塚さんの仕事の引き継ぎ案件も多かったよね、最近」

「言われてみればそうだよねー。連休明けの発表かぁ。まだ先だなー」

四月末からはじまる春の大型連休。

連休明けはただでさえ忙しいというのに、そこにもってきてコラボの発表となれば、毎日が繁忙期(はんぼうき)並みの殺人スケジュールになりかねない。実際に担当していない花純や駒田だって、急な仕事を割り振られることもあるだろうし、なにより、ベテラン二人が抜けた穴を埋めて通常業務を回していかなければならない。

だけど、コラボ。

いったい、どんな内容なのか。直接関わっていない花純までワクワクしてくる。

「楽しみだね。わたしたちも連休までにやれることとやっとかないと。そうだ駒ちゃん、田中さんに返品処理の方法教えた？」

「せむちゃんマジメかっ。あっ、でも教えてないから、やるなら今日かな？」

「そうだね。様子見てやっちゃおうか」

こうして、つい最近まで大学生だった新入社員田中のハードな一日が決定すると同時に、花純の忙しい火曜日もはじまった。

◆◇◆

——午後八時。

このところの花純は、結局この時間の帰宅になってしまう運命なのだろうか。

タグのサンプルが会社に届いたのは午後四時過ぎで、そこから担当とのチェックがはじまったのだから、残業を回避しようがなかった。

ヘロヘロになって会社を出た花純は、いつもと違う電車に乗り、いつもと違う駅で下車して、いつもと違う家に向かっていた。

外観からしてキラキラしている高級マンション。

見上げてみても、最上階に明かりがついているのかどうかはわからない。

（利一さん、帰ってるのかな……）

今朝、連絡先は交換したけれど、花純からも連絡していないし彼からのメールも届いていない。仕事で生活が不規則だと言っていたから、もしかするとまだ帰っていない可能性もある。

（勝手に入っていいのかなぁ）

そのために合鍵を渡されているものの、自分の家だと思えないせいか、同棲に同意した覚えがないせいか、部屋に入ることをためらってしまう。

けれども、実家には花純の荷物はない。荷物があるのは、このマンションの、利一の部屋だ。

意を決してマンションのオートロックを解除して、最上階の利一の部屋に入った。

廊下の明かりがセンサーで自動的に点り、靴の出ていない玄関を照らしだした。

「……お邪魔しまーす」

返事はない。利一がまだ戻っていないことにホッとしつつ、花純は脱いだパンプスを玄関の隅に揃えて置いてからリビングへ向かった。

一応、本当に彼がいないのか、確認しておこう。

長いL字の廊下の突き当たりがリビングなのは把握している。ドアを開けたが、人気(ひとけ)のない暗いリビングはとにかく広く、ダイニングとその先のキッチンも遠すぎて、明かりがついていないとなんだか怖い。慌てて電気をつけたけれど、やはり利一はいない。

『夕飯は、家政婦が作ってくれているから心配しなくていい。先に食べて、風呂も、部屋も、好きに使っていい』

今朝、利一はそう言っていたけれど。

本当に夕飯が用意されているのかどうか、キッチンに向かって確認してみる。

広々としたキッチンには、食洗機やビルトインオーブンまで搭載(とうさい)されていて、もはや秘密基地だ。

(このスペースなにに使うの？　マグロの解体でもするの？　っていうか、これ収納？　これも？　こんなに入れるものある？)

花純の知っているキッチンとあまりにも違っていて、あれもこれも気になる。かといって触って壊れたら困るから、迂闊(うかつ)に手を出せない。

人様の家の冷蔵庫を勝手に開けるのははばかられて、結局テーブルの上に置かれた二人分の食事を眺めて終わった。

用意されているのは、ラップのかけられたハンバーグやお味噌汁。意外にも普通の晩御飯だ。

普通だからこそ、余計に美味しそうに見える。だけど……

「……待っとくかぁ」

この広すぎるダイニングで一人夕食をとるなんて、寂し過ぎる。

先にシャワーを浴びて、寝る準備をしておこう。

そう決めて、とりあえず、与えられた自分の部屋に戻った。

実家の六畳間に詰め込まれていた荷物が十畳はあろうかという広い部屋に置かれると、なんだか物寂しい雰囲気になる。

人の気配のしないマンションで一人きり。

これまで、実家暮らしで常に誰かの気配を感じて生きてきた花純にとって、一人きりは落ち着かない。

利一は平気なのだろうか。

それに、彼はどうしてこんなに広いマンションで一人で暮らしているのだろう。結婚を見据えて広い家を確保したのだろうか。そのわりには、内装は家庭的でない気もするけれど……

ベッドに座ったまま考え込んでしまったところに、ガチャ、と玄関から物音が聞こえてきた。

（あ！　帰ってきた！）

飼い主を出迎える犬のごとく廊下に飛びだすと、利一が靴を脱いだところだった。

人の気配に、喜びを感じる。

人の家で一人ぼっちでいた不安は、花純が思っていた以上に大きかったらしく、無意識に頬が緩んでしまっていた。

「おかえりなさい！」

面食らったように、利一が一瞬動きを止めた。

「……ただいま」

す―っと力が抜け、彼の顔に笑みが浮かぶ。

今朝と同じ満たされたような表情に、ドキッと胸が高鳴った。

どうして彼が嬉しそうなのか、さすがに気付いた。今回ばかりは、やらかしたのは花純のほうだ。

これでは、彼の帰りを今か今かと待っていたみたいじゃないか！

（恥ずかしいっ……！　犬か！　わたしはワンコか!!）

自分を叱る花純の頬に、ちゅっとキスをして利一が廊下をすり抜けていく。

（――もう～～～っ!!）

これから彼に同棲も結婚もしないと宣言する予定なのに、すでに先制ポイントで負け確定な気がしてくる。しかし空腹には抗えなくて、花純はキスされて赤くなった頬を押さえながら、彼に続いてリビングに入った。

絶品ハンバーグを作ってくれる家政婦は、五十代の女性だという。

週四日掃除と洗濯、夕食の用意を頼んでいるが、顔を合わせたのは数えるほどだそうで、どんな人か利一はほとんど把握していなかった。

確かなところから雇い入れた人間に家事を頼んでいるということ以外に、利一は関心がない。他人に対する興味が薄すぎる。

「もしかして、利一さんの実家には執事もいたりします？　小さい頃〝坊ちゃん〟とか呼ばれてました？」

「男性の使用人や、父や祖父の付き人ならいた。さすがに坊ちゃんなんて呼ばれたことはないな」

六人掛けのテーブルセットの席に着くのは花純と利一の二人だけ。そこに座って夕食をとる。

だだっ広くて怖かった部屋が温かな空間に変わったみたいな気持ちになるのは、空腹が満たされたからだけではないだろう。人がいる安心感に、花純は自分がホッとしていることに気付いていた。

　話すべきことは山のようにあるけれど、気まずい空気で食事をするなんて、作ってくれた家政婦さんに申し訳ない。まずは美味しい食事を楽しむことにする。

「このマンション、広すぎて怖くありませんか？　こっそり他に誰かが住んでても、気付かないかも」

「映画の観すぎだ。自分の家に誰かいれば、絶対にわかる」

「えー、一回くらい考えたことありませんか？　利一さんの好きなサスペンス物にもよくあるじゃないですか。家に、知らない男が棲みついていて——って」

「それだとホラーだな。そうか、君はこの家が怖いのか」

「べ、別にそういうわけじゃありませんけどっ」

すでに食事を終えた利一からの子供を見るような眼差しに耐えかねて、花純は俯いて箸を進めた。

「だったら、できるだけ早く帰るようにしないといけないな。君が怖くないように」

「こっ——怖くなんてないですからっ！」

「そうか？　だったら、君が寂しがらないように、早く帰るようにしよう——食後に温かいお茶を飲むのが好きなんだ。君も飲むか？」

「…………いただきますっ」

憤然と答えた花純に小さく笑ってから、利一は席を立った。

（寂しがるとか……わたしはワンコじゃないんだからっ）

だが、さっき彼を出迎えた態度は忠犬そのものだっただけに言い返すこともできず、花純は黙々と食事を続けた。

キッチンに向かった利一は、慣れた手つきで電気ケトルでお湯を沸かして、お茶を淹れる準備をする。今朝、花純が支度を終えたときにも彼は自分でコーヒーを淹れていたし、家事が一切できないわけでもないらしい。

花純は最後の一口まで美味しく食べ終え、空いた食器をまとめてシンクに運んだ。片付けくらいはしておかなければ、罰が当たりそうだ。

「置いておいていい。食洗機に放り込むだけだから」

「これくらいやらせてください。実家でも、お皿洗いくらいしてましたし。軽く水洗いしてから食洗機に入れたらいいですか？」

隣で湯呑みを温めていた利一が、やや目を細めて頷いた。

二人の未来に思いを馳せているような表情に、胸の奥がむずがゆくなって、そっと目を逸らす。

水道のレバーを軽く動かして、ハンバーグのソースで汚れた平皿や、サラダのドレッシングで汚れた丸皿をさっと水で流した。

(……言わなくちゃ)

同棲なんて早すぎるし、結婚なんてまだ考えられない。

一緒にいたくないとか、彼が嫌いだというわけではないし、彼との関係は大切にしたい。

けれど、すべて勝手に決められて、先へ先へ強引に進められることには納得できない。

きっと今日伝えなければ、明日もこうして美味しいご飯を食べて、そのうち言いだしにくくなって、なし崩しにされてしまう。

「……利一さん、あの、今日はここに戻ってきましたけど、同棲とか、結婚に同意したつもりはありません」

利一の返事はない。流水の音が会話の隙間を埋めていた。

皿にくっついていた千切りのキャベツが、シンクの排水口へ流されていく。

「……利一さんのことは、す……好きですけど、一緒に暮らしたり、その先のことも、わたしはゆっくり決めたりするものだと思っているので、全部こうやって一方的に決められるのは納得できません」

「花純さん、言ったはずだ。俺には三ヶ月の期限がある」

彼の手が伸びて、水を止めた。

そうして、濡れた手をシンクの端に置いた花純に真剣な眼差しを向ける。昨日より理性的な様子が感じられたけれど、つい、片足が一歩うしろに下がってしまう。流されたくない。

「君が婚約者になってくれなければ、俺はまた見合いをしなければならなくなる。俺は、君以外の人と結婚する気はないのに」

「……そのお見合いって、回避できないんですか……？」

「できない。君だって、俺が見合いをするのは嫌だろう。答えなくていい。嫌だと仮定して話を進める」

なんて強引な、と思ったけれど、本音を言えば彼が他の女の人とお見合いをするなんて、考えただけでモヤモヤする。「好きだと言っておきながら、お見合いなんて」と勝手に傷付く面倒な自分まで想像できてしまった。

だけどきっとあのまま話を続けていたら、無駄に反発してしまっただろう。それを避けられたと思って口をつぐんだ。

「妥協点を決めよう。俺は君以外の女性と関わりたくないし、君と結婚したい。君は俺を好きになってくれて、時間を欲しがっている。だから、結婚は期限ギリギリの三ヶ月後にして、その間は同棲という方向で」

「え、待って、それのどこが妥協点なんですか？　なにも変わってないですよね!?」

「変わる。俺は今すぐにでも君に舘入花純になってほしい」

「っ――――！」

「一年の顔の見えないやりとりが君と俺との交際期間に数えられないなら、三ヶ月の同棲で俺を知ってくれればいい」

……自信たっぷりの口ぶりは、彼がとても正しいことを言っているような気にさせる。

けれども、花純のなかにある不安は、時間の短さだけではない。

ド庶民の自分と御曹司ではつりあわないという意識は拭いきれないし、彼がどうして花純のような平凡な女に執着しているのかもわからない。利一なら、いくらだって女の人が寄ってくるはずだ。

彼の「好き」は、いったいいつまで続くのだろう。

子供がおもちゃに飽きるように、彼が他の女の人に目移りしたら？

きっと、jimiko では彼に群がる魅力的な美女には太刀打ちできない。

だけどそれを口に出したら本当になりそうで、言葉にできないままに喉の奥がギューッと痛くなる。

「花純さん」

俯いた花純の手にやわらかなタオルが掛けられて、そのまま利一に手を引かれた。

「えっ、ちょっと利一さん、どこにっ⁉」

「見せたいものがある」

リビングには左右にドアがあり、片方は利一の部屋や玄関に続く廊下に出るが、もう一方のドアの向こうは今朝は案内されなかった。

先導する利一は、花純のまだ知らない場所へ繋がるドアを開けた。

ドアの向こうには、また廊下があった。

マンションの広さに驚きを隠しきれない。

こちら側のドアの向こうは物置きかなにかだと思っていたが、続く廊下の先にはドアが並びで二つあり、奥の部屋はドアの位置からして、かなり広いことが察せられる。

「俺と暮らすメリットの一つに、ここを自由に使える点がある」

奥のドアの前で花純の手を離した彼が、金色のレバーハンドルを握ってドアを開けた。

「……シアタールーム！」

壁一面を覆うスクリーンはテレビとは比べ物にならない迫力で、巨大なスピーカーは音響へのこだわりを窺わせる。

部屋はかなりの遮音構造になっているのか、外から予想したほど広くはないが、大きなリクライニングソファや再生機器が置かれていても十分ゆったりとしていた。

もはやシアタールームというより、プライベートシアター。自宅が映画館だ。

こんなものは、夢のまた夢。現実とは思えない。

「このマンションを選んだ理由は、シアタールームにちょうどいい部屋を確保できたからだ。唯一の趣味だから、こだわった」

「信じられない……わぁ……あれってプロジェクターですか？　会社と学校以外で買う人が本当にいるなんて……うわぁ……もしかして、床も天井も防音にしてます？　うわぁ……」

　感動と呆（あき）れの間で感情が揺れ動いて忙しい。こんな設備を整えるなんて、趣味の域を超えているのではないだろうか。趣味の一環としてポストカードを集めることなんて、これに比べればいかにも小市民だ。

reach731、映画好きにもほどがある。

「座ってみるといい。椅子の座り心地もいい」

いつの間にかまた手を握られていたが、そんなことを気にかけている余裕はない。

勧められるままに、黒のソファに腰を下ろした。

雲の上に座ったような、ふんわりした感触がお尻を包んでくれる。

「わあぁ！」

「横にさしてあるリモコンでシートを倒せる」

「これですか？　うわあぁ！」

　手のひらサイズの小さなリモコンを操作すると、かすかな機械音とともにシートが倒れていく。

（なにこれ最高‼　こっちの三角のボタンはなに⁉）

興奮してリモコンを操作している花純を置いて、彼が背面のカーテンを開けた。

音に反応して上体をひねって振り返ると、壁一面にはめ込まれた棚に、ずらりと映画のディスクが並んでいた。百、二百、あるいはもっとあるかもしれない。

レンタルショップ並みの光景に、ヨダレが出そうだ。

「それ全部集めたんですかっ⁉」

「気になったものは買うようにしているうちに、こうなった」

「こうなったじゃないでしょう……！　利一さんのお金持ちレベルに全然ついていけないんですけどっ！　あっ、待って、それこの間、利一さんがＳＮＳでチェックしてたやつ！」

ずらりと並ぶなかに見つけたタイトル。

スパイ系のアクションもので、公開中は苦手ジャンルで避けていたけれど、その後利一がチェックしていたので気になっていたのだ。

腕時計を確認した利一が、ラックからディスクを抜き出す。

「今、九時だ。……本編は百二十二分。観るか？」

「えっ、いいんですか？」

「君は今週まだ一本も映画を観てないだろう。君の禁断症状が出ると困る」

「人を中毒者みたいに言わないでくださいっ。利一さんのほうが断然映画中毒じゃないですかっ」

図星を指されたと思ったのか利一がふっと笑って、ディスクを手にソファに向かってくる。

シートを倒したままの花純の体の両脇に、彼の腕が降ってきた。

押し倒されているような錯覚(さっかく)に陥(おちい)り、一昨日(おととい)の記憶が蘇(よみがえ)って鼓動が加速していく。嗅覚(きゅうかく)が勝手に彼の匂いに反応し、間近に迫る彼の瞳をより近くに感じさせた。

少なくとも、今は自分だけに注(そそ)がれている『好き』のこもる眼差しに、頬がジリジリ熱くなる。

「花純さん、ここを自由に使っていい。だから一緒に暮らそう」

とても魅力的な提案。

ここを毎日、自由に使える？

あの大量のタイトルが、全部見放題？

「まずは、同棲と婚約からでいい」

「…………け、結婚は、保留……？」

「三ヶ月間は。だが近い将来必ず、舘入花純になってもらう」

やっぱり、なにも変わっていないような気がするのだが……

けれども、彼が『舘入花純』と口にするたびに、胸がキュンと高鳴って、うっかり頷いてしまいそうになる。

「花純さん」

迷ったカモの心の揺らぎを見透かしたように、そっと唇が重なった。

映画のなかで、恋人にキスをされて怒りをおさめてしまう主人公に『なんて流されやすいの！』といつも思っていたけれど、好きな人からのキスは鎮静剤なのだとようやくわかった。抵抗する気力が削がれて、雲のようなシートと利一の間で、体がフワフワ浮かぶようだ。

「ここで、一緒に暮らすだろう？」

「…………」

「うんと言わないなら、君を強引に抱いて従わせるしかないな。ああ、その手があったか。三ヶ月間、毎日そうするのもいいかもしれない」

本当にやりかねない物騒な響きを感じ取って、ブルッと体が震えた。

そんなことをされたら、絶対に体がもたない。

「花純さん、一緒に暮らそう」

心の天秤が大きく傾く。

このシアタールームももちろん魅力だけれど、今朝の慌ててシャワーから戻ってきた様子や、帰ってきたときの満足げな顔を見てしまって、トドメに『舘入花純』なんて言われたら……

「…………暮らす、だけですからね……」

「大丈夫、絶対に結婚する」

ギューッときつく抱き締められて、一瞬息が止まった。

心配事はあるけれど、たった二日で同棲と婚約を承諾させた彼なら、三ヶ月で不安も溶かしてくれるのかもしれないなんて、ついつい期待してしまう自分がいた。

5

大型連休の後半、五月はじめ。京都に聖地巡礼に行こうと言いだしたのは利一だった。邦画『春の光のあたる街』の舞台になった観光地や、実際に撮影が行われた場所や店舗をまわってみようという計画である。

一緒に旅行の計画をたてているときから、ずっとワクワクしどおしだったけれど、旅館に到着してからはさらに気分が高まって、頬も緩みっぱなしだった。

和室らしい藺草の匂い。

二間続きの部屋は、巨大な座卓があっても圧迫感を感じないほど広々としていた。

大きな窓の向こうに広がる景色は自然が溢れていて、体のなかに溜まっていたよくないモノが炭酸の泡みたいにシュワシュワ弾けて消えていく気がする。

「夕食はお部屋食ですが、何時頃ご用意いたしましょうか」

「七時頃に」

事前に計画していたとおりの時間を利一が伝える。

五十代のベテラン風の仲居はお茶を淹れて、簡単な館内の案内をしてから退室した。

「よくこのお部屋取れましたね。連休なのに」

「ツテがあったから、それを使った」

「さすが……」

大企業経営者の子息ともなると、各方面に顔が利くのだろうか。

(でも、利一さんは次男だから跡取りってわけじゃないんだよね。たぶん)

──利一は、家で仕事の話をほとんどしない。花純も、その辺は深く訊かないようにしている。

それは、暗黙の了解みたいなものだ。『今日主任がまたシャツにコーヒーをこぼしていた』なんてどうでもいい話はしても、『連休明けにグラシューのコラボ情報が社内で解禁になる』なんて話は絶対にしない。

同業だから、なんとなくこの時期は忙しいだろうな、と察せられるので、今のところすれ違いは起こっていない。

ただ、連休前に残業続きだった花純以上に、土曜も仕事で、日曜にも家に仕事を持ち帰っている様子の利一のほうがずっと忙しそうではある。そのあたりの様子から、彼がボンクラ子息ではなく、それなりのポジションにいることは察せられるけれど、具体的な立場や仕事内容はまだ知らない。

世の中には、知るべきタイミングや、知らないほうがいいこともある。

「すごくいいところですね。秋になったら、あのあたりも全部紅葉で赤くなるんだろうなぁ」

「そうだな」

相槌(あいづち)というよりは、事実に基づく返事に聞こえた。

「利一さん、京都に来たことあるんですか？」

「幼い頃に何度か。花純さんは、はじめてだったな。このあたりの紅葉は綺麗(きれい)だから、また秋に来よう」

温かいお茶を一口飲みながら、彼は当然のように未来の話をする。

（……秋ってことは、やっぱり結婚する気なのかな……？）

囲い込まれるような同棲開始から、早三週間。

彼はあれ以来「結婚」という単語自体は口にしていない。

花純が毎日家にいるだけで満足しているようで、彼はときどき信じられないくらい幸せそうな目で見つめてくる。それを目の当たりにするたびに、花純のほうが恥ずかしくなってしまう。

家政婦の来ない平日の一日と週末に、花純が作る手料理を美味しいと食べてくれるときや、週末のご褒美にケーキショップのプリンを買って帰ってくれるとき、jimikoが『観たいかも』とコメントしていた映画のディスクがこっそりシアタールームの棚に増えているのを見つけたときに、彼からの気持ちを確かに感じる。

言葉で「好き」とか「結婚したい」と言われるときとは違う、もっと優しいときめきが胸に広がった。そういうときに、なんだかんだ言っても、自分だって彼が好きなのだと再認識して、彼のマンションから逃げ出したいとは思えなかった。

気付けば三週間、普通に同棲生活を楽しんでしまっていた。

だからといって、彼の強引さに押されて成り行きで結婚するのは納得できない気持ちもある。

（はぁ……自分がめんどくさい……）

いずれは結婚したいなぁと思うくらいの結婚願望を今すぐ満たしてくれる好きな人が目の前にいるのに、素直に「はい」と言えない。それは、彼のアプローチが常識はずれなスピードと強引さを持っているからなのか、それとも自分の自信のなさが原因なのか、この三週間、結局答えは出ていない。

わかっているのは、今が幸せだということだけ。

ふと、水の流れる音に気が付いて周囲を見渡した。

「どこかで水、流れっぱなしになってません？」

「ああ、この部屋には露天風呂がついているんだ。たぶんそれだろう」

「えっ！　わたし、ちょっと覗いてきますね！」

部屋についている露天風呂には続きの間から出られるようになっていて、脱衣所のドアもガラス張りで開放的な雰囲気だ。けれども風呂の周囲にはしっかり囲いがしてあり、これならば周囲の気配を気にすることなく入浴を楽しめるだろう。

「思ったよりも広いな」

いつの間にか背後に立っていた利一を振り返ると、不意打ちのように頬に軽いキスをされた。

熱を帯びた頬に手をあてて彼を睨んでみたけれど、少し意地悪な顔で笑っているだけで悪びれた様子もない。

「あとでゆっくり入ればいい。たくさん歩いたあとに入ったら、きっと気持ちいいだろう。そろそろ出発しようか？」

二泊三日の旅行計画の初日は、旅館近くのロケ地をぐるっと見て回る予定だ。

行きたいところはたくさんある。ぐずぐずなんてしていられない。

「そうですね」

外では不意打ちのキスをされないように注意しなければ、と警戒しつつも、さりげなく握られた手は振りほどけなかった。

◆　◇　◆

さんざん歩き回って旅館に戻ってきたのは六時前だった。

夕食前に一息つこうと、利一が淹れてくれたお茶を飲みながら、座卓を挟んで座り、撮った写真のチェックをはじめた。

「ここ、すごく綺麗でしたね。映画そのままって感じで！」

青々とした竹林の間を縫うように続く小道を撮影した一枚は、映画のワンシーンのように幻想的な雰囲気を切り取っていた。

「うまく撮れたんだな。このまま映画のポスターにできそうだ」

「ふふ、スマホのカメラの性能のおかげです」

スマホの画面をスワイプして、次々と撮影した写真を確認していく。

観光客で賑わっていた神社や、時の流れに取り残されたようにぽつんと建っていた小物屋さん、歴史と情緒を感じさせる橋。全部はまわれないかと思っていた。

「さすがに橋を見るのは無理かなって思ったけど、ちゃんと夕日をバックに写真が撮れて嬉しい」

映画のラストシーンと同じ、赤い夕空を背景にした橋は、どうしても見ておきたい光景だった。明日にもチャンスがあったけれど、初日に写真まで撮れたおかげで気持ちに余裕ができた気がする。

(利一さんが、事前に調べてくれてたから)

あそこも行きたい、これも見たいと欲張った花純の希望をできるだけ叶えられるように、利一が計画を立ててくれたのだ。

方向感覚が鈍く、地図を読むのが苦手な花純だけでは、こうはいかなかった。

「念願の一枚が撮れてよかった。歩きまわって疲れたんじゃないか？」

「ううん、すごく楽しかったです！」

足はクタクタで、正直お部屋食で助かったと思うくらいには体は疲れているけれど、明日の予定に頬が緩んでしまう。

「それに、疲れてる場合じゃないっ。明日も行くところがいっぱいありますよ！」

二泊三日の最終日は、予定をほとんど入れていない。

新幹線での移動や、その翌日から二人とも仕事がはじまることを考慮しての計画だった。

そのため、二日目の予定はぎっしりだ。

「朝ごはんを食べてから、駅前のお土産屋さんとお漬物屋さんをまわって。それから電車に乗って、お寺を参拝し、抹茶プリン！」

「それと湯豆腐」

「そう、お昼は湯豆腐です！　そのあとはもう一つお寺をまわって、公園に行って、夜の橋も見てから宿に戻って。はぁぁ～楽しみですね！」

宿の周辺にも観光名所は多数あり、見てまわる場所には困らないけれど、映画に出てきた抹茶プリンと湯豆腐はどうしても外せなかった。

しかし、抹茶プリンが食べられる甘味処と湯豆腐店は、どちらも電車に乗って三十分ほど移動したエリアにある。食べ物だけのためにわざわざ移動するのもどうかと思ったのだが、利一は『聖地巡礼だから行こう』と言ってくれた。

二つのお店の間に位置するお寺も参拝してしまおうと利一が提案してくれたおかげで、少なくとも計画上では、食は観光のついでのようになっている。

食べ物以外の目的ができたことで、花純の「ワガママを聞いてもらった」という罪悪感はかなり軽減されていた。

（こういうところは、やっぱり繊細な人なんだよね。なんだかんだで、優しいし……）

顔をあげると、利一がやわらかな笑みを浮かべていた。

また、あの顔だ。幸せそうな顔。

「っ……わ、たし……お風呂入ってきますね！　汗流してからご飯にしたいのでっ」

逃げるように、館内着の浴衣を持って露天風呂に駆け込んだ。

（なんであんな顔でじっと見てくるかなっ……恥ずかしいっ！）

ドキドキ跳ねる心臓も、お湯につかれば鎮まってくれるだろう。

腕時計を外して見たところ、時刻は六時二十五分。

夕食は七時からの予定だから、着替えの時間を含めて三十五分の入浴は忙しない気もするけれど、ひとまず汗を流せたらそれでいい。

服を脱いで露天風呂へのガラス戸を開けると、湯気と周囲の緑の香りが出迎えてくれる。

丸い石組みの露天風呂は、湯船より少し高い位置に湯口が造られている。なだらかな丘をイメージしたような湯口から、ゆったりとした流水の音とともに湯が溢れだしていて、なんだか趣がある。

高級マンションのジェットバスも素敵だけれど、露天風呂は旅行ならではの楽しみだ。

掛け湯をしてから、タオルをお風呂の縁に置いて湯につかった。

「はぁぁ……」

しみわたる。足先が、湯のなかでジーンと痺れていた。

フラットシューズにして正解だった。デスクワークで鈍った体に、この運動量は結構こたえる。

だけど、嫌な疲労感じゃない。

（初旅行……楽しい）

浴槽に背も後頭部も預けて、目を閉じた。肌に感じる外気と湯気、流れる空気を肺いっぱいに吸い込むと、瞼の裏には今日の出来事がいくつも浮かんで、頬が緩む。

（利一さんも、歩き疲れたかな。今回はわたしの希望をいっぱい聞いてくれたし、今度は利一さんの行きたいところに行こう）

自然と、〝次の機会〟を思い描いていた。

（六月七月は大型連休がないから、次っていったらお盆休みかなぁ。あ、その前に利一さんの誕生日か。お誕生日プレゼントとか、なにがいいんだろう？）

欲しいものは全部持っていそうな気もする。それに、花純に買えるものは彼にだって買えるはずだ。だけどそんなふうに考えだしたら、なにも用意できなくなってしまうから、彼に必要な、彼の欲しがっているものをあげれば――

頭のなかに、ふっと「結婚」の二文字が過ったのと同時に、ガラガラと音がした。

目を開けると、脱衣所のガラス戸を開けた利一が当然のように迫ってくる。

もちろん服など着ていない。

「――うわぁっ!!」

男の人の裸。見てはいけないモノが視界に飛び込んできた。

慌てて背を向けてタオルを引き寄せたが、持って入ったタオルは縦長のフェイスタオル。とても全身は隠せない。

こんなとき、いったいどうすればいいのか全然わからない!!

「なんで来たんですかっ!?」

「来るなと言わなかっただろう」

「言われなくても来ないのが普通でしょっ!?」

掛け湯の音に続いて、ちゃぷん、と湯面が揺れた。お湯の流れで彼が接近してくるのを感じて、目を瞑(つむ)ってうしろに手を突き出す。

「こっちこないでくださいっ！」

しかし、その程度の抵抗に効果などなかったらしい。

背後でお湯が波立ち、次いで腹部に腕がまわされた。逃げるように体を丸めたけれど、それで彼が諦(あきら)めてくれるはずがない。

背中に彼の胸板がぴたりと密着して、花純の首筋のあたりで、かすかに彼が笑みの滲(にじ)

む息を吐きだしたのがわかった。

「せっかく旅行に来たんだ。露天風呂くらい一緒に入ってもいいだろう」

「よくないっ！」

「どうしてよくない？」

恥ずかしすぎる。だけど正直に口にしても、彼を喜ばせるだけだとさすがにわかる。

一緒に湯船につかってじゃれあうなんて、まだまだレベルが高すぎて、とてもじゃないがついていけない。ここ三週間の同棲生活でも彼から一緒に風呂に入ろうと誘われたことはあったが、頑なに断り続けてきた。それなのに……!!

心のガードの緩んだ旅先を狙ってくるなんて!!

「一緒に露天風呂を楽しむだけだ」

だけ、なんて言いつつ、彼は首筋や肩に何度もキスを繰り返し、長い指は脇腹を触れるか触れないかのタッチでくすぐっている。こそばゆさと、もどかしさが混ざり合い、のぼせたように頬が火照り、鼓動はどんどん加速していく。

頭のなかはもう真っ白だ。露天風呂を楽しんでいた心は、全部彼の色に塗りかえられてしまっている。密着した素肌から感じる彼の体温に、背中を焼かれているみたいだ。

（無理無理無理無理っ……！）

ぶんぶん首を横に振ったけれど、お構いなしに利一は花純の体を引き寄せる。お尻のあたりに、硬くなったなにかが当たっている。

(ぎゃあああああああ!!)

心臓がバクバク鳴りだして、感情が言葉にならない。

三週間の同棲で、甘く迫られて応じてしまったのは一度や二度ではないけれど……

ベッドの上でする、ようやく慣れてきた行為を、彼はここでもする気なのだろうか?

抵抗しなければいつもみたいに押し切られてしまうとわかっているのに、雌の本能を呼び覚まされたように、切ない痺れが爪先まで走って、ちっとも力が入らない──

「やっ……ヘンなことしないでっ! くっ付きすぎ! 離れてっ……!」

「そんなに騒ぐと、誰かに聞こえるかもしれない」

「だって、利一さんがっ……!」

波立ち、照明に照らされてキラキラ輝く湯面の下で、彼の手がすくいあげるように胸に触れた。ビクン、と体が震えて、咄嗟に唇を噛みしめる。騒ぐと誰かに気付かれるかも──そう思うと、旅先の見知らぬ人々の気配が急に周囲に集まってきたように感じられ、余計に羞恥心を掻き立てられる。

胸の膨らみに彼の指が沈む。せめてもの反発に振り返ってギロリと睨んでみたけれど、花純の睨みなんて彼には通用しなかった。

「そんな可愛い顔で見るからいけない」

「人のせいにしてっ……！」

「一緒に風呂に入るだけと思ったが、無理そうだ。夜まで待てない」

「っ――大人なんだから、『待て』くらいしてくださいっ……！」

「悪い、花純さん。君に対しては、俺はかなりの駄犬になれる自信がある」

自称駄犬の唇が、これ以上のお喋りはさせないとばかりに花純の口を塞いだ。

閉じていた唇の割れ目を、ぬるりと彼の舌先がこじ開ける。口内に侵入を許してしまったら、もう逃がしてなんてもらえない。

湯の流れる音と、口内で響く濡れ音が混ざり合う。

めいっぱいまで首を巡らせても唇はぴたりと合わさらず、伸ばされた彼の舌が無理に口内を犯す。つぅーと舌の側面を舐められると、頭のなかが痺れて息が乱れた。

背後に密着する利一とのキスは、正面からされるよりずっと支配的で、いつもよりドキドキしてしまう。与えられているのではなく、奪われている。

どうすれば花純が落ちるか知り尽くした強引なキスが、どうしようもないほど気持ちいい。

お湯のなかで利一の長い指が胸の先端を摘まんでは転がし、反対の手で逃げそうになる花純の腰をぎゅっと引き寄せている。

体が熱いのは、お湯につかっているからじゃない。お尻に感じる硬くなった彼のソコが、花純の熱を煽っていく。

敏感になった乳首をぎゅうっと摘まれて、甘えた声が鼻から抜けた。

「花純さん、耳まで真っ赤だ。のぼせたんじゃないか」

彼は花純の脇に手を差し入れて立たせると、くるんと振り向かせた。

「座って」

優しく言いながら、湯の流れ出る湯口の横に、花純の体を押し当てた。

つるりとした石の上にお尻を置かれて、すぐ横から流れでる湯船より少し熱めの湯が腿を伝い、膝下までしか湯につかっていない身体を温めてくれる。

「熱くないか？」

小さく頷いたのを合図にしたように、ずっと高い位置にあった彼の黒髪が下がっていき、お湯で濡れた花純の肌を、彼の舌が濡らしはじめた。

自分だけ腰掛けて、身を屈めた彼に体を愛撫されている。

さっきまで強引に奪われていたのに、今度は花純が彼に奉仕させているみたいで恥ずかしい。

それなのに、肌を這う舌がどんどん下りていくと、理性は掻き消されて腰の内側がどんどん熱くなっていく。

胸に到達した唇が、ちゅぅっと乳首に吸いついた。ジンッ、と乳房全体が張り詰めて、彼の口内に含まれた先端もきゅっと硬くなっているのが自分でわかる。

必死に唇を噛んで声を堪えるけれど、舌先で乳首を包んで吸われると、荒くなった呼吸にも甘えた響きが混ざってしまう。でも、今自分たちがいるのは外だ。声をあげたら、誰かに聞こえてしまうかもしれない。そう意識すればするほど、鼓動も呼吸も乱れていく。昂っていく体を、抑えられない。

「ふ、ぅん……」

「感じてる顔だ。もう濡れてるんじゃないか？」

片脚を浴槽の縁にのせられ、慌てて手を伸ばして秘処を隠そうとしたけれど遅かった。彼の黒髪が下がってゆき、大きく開かされた秘処を視線で無遠慮に撫でつける。

「やだぁ……！」

「こんなに濡らして、外だから興奮してるのか」

「ちがう……」

恥ずかし過ぎてクラクラしてくる。そんなところ、他の人に見られたくない。見られたくないのに、激しく拒絶もできないなんて。

泣きそうになりながら必死に伸ばした手はあっさりと握り込まれ、脚の間に彼の顔が埋められた。舌で強引に秘裂を開かれ、ぬるりと花弁が吸い込まれる。彼の顔がそこにあるだけで気絶しそうなのに、内腿が震えるくらい感じてしまう。舌が往復するたびに全身がカァッと熱くなった。このままでは、絶頂に押し上げられてしまう。

「んっ、やっ、ダメぇ……！」

「嫌？　だが君のここは、嫌だとは言っていない」

ぬるついた蜜口は、なんの抵抗もせずに彼の指を咥え込んだ。

膣壁を擦りながら奥へ進んできた指がなかでうごめくと、もうダメだ。

大きく息を吸い込みながら、花純の体は意思に反してうしろに倒れていく。なんとか手をついて体を支えるけれど、抵抗なんてできない。利一の言うとおり、いつもより神経が過敏になって、子宮が脈動するようにジンジンする。頭でいくら嫌だと思うべきだとわかっていても、何度も何度も快感を教え込まれた体は嘘をつけない。

膣路のなかをぐるんと指が掻き混ぜると、蜜口がキューッと彼に縋りついた。

「体は正直だな。もっと好くなりたいだろう」

そんなことないと言えたらいいのに、勝手に蜜襞がヒクついて、もっとして欲しいと応えてしまう。

薄く目を開けると、視界に利一の少し意地悪な笑みが映り、またキュンと体の奥が疼いてしまった。彼の舌が濡れた花弁を割り開き、隠れた蕾をゆっくりとなぶりはじめる。

「んっ……う、うう……」

あまりにも淫猥な光景に、目を開けていられない。

片手を口元にやり、必死に唇を噛んで声を堪えるけれど、ぬるついた舌で包むように陰核を優しく揺さぶられると、甘い吐息を抑えられるはずがない。舌と同時に、彼の指が膣壁をくすぐり、背筋も腰もビクビク震えて仕方ない。

赤く熟れた陰核を、じゅっ、と音をたてて吸われ、瞼の裏が熱くなる。

「ふ、ぅんっ……！」

こぼれだした啼き声が響いて、さらにきつく口を押さえた。誰かに聞かれてしまうかもしれない——そう思うだけで、またジワリとお腹の奥から熱が生まれる。

唾液と愛液が混ざりながら滴り、一度抜けた指が二本になって挿ってくる。奥の奥まで入り込んだ長い指がくちゅくちゅと淫蜜を掻きだして、その間も剥き出しにされた肉芽を濡れた舌がなぶっている。利一は、知り尽くした花純の好いトコロを的確に狙ってくる。もうダメだと自分でわかる。もう、達してしまいたい——

神経が下腹部に集中して、背に触れる石の冷たさも、腿を伝う湯の温度も感じられない。血が沸騰したみたいな音が耳の奥でグツグツと鳴り響き、それに合わせて呼吸が浅く速くなっていく。瞼の裏が赤く色付き、快感以外のすべてが遠くなる。

「んっ……んんぁっ……！」

高い崖から突き落とされるような猛スピードで、全身を絶頂の波が駆け抜けた。動きを止めた指を奥に引き込もうと、蜜路がヒクヒクうごめいて、子宮が切なく痺れる。

ぐったりと湯口に寄りかかった花純の隘路から、彼の指が抜けた。

ジワリと溢れだす愛液を感じる。けれども、絶頂の余韻でとろけた頭には、羞恥も浮かんでこなかった。

お腹や胸に優しいキスをしながら、利一が身を起こす。ぐしょぐしょに濡れた秘処に熱い楔があてがわれた。秘裂を、ゆっくりと屹立が滑っていく。

「は、ぁっ……」

これは、いけないことだ。

避妊せずに挿入したことなんて一度もない。お互いなにも言わなくても彼は絶対に避妊具を着けていたし、だから花純も『着けて』なんて言ったことがない。そういうきっちりしたところに、利一の誠実さを感じて安心していた。だけど今、避妊具なんて側にあるはずがない。

このまま……？

困ったことになりたくないと思う反面、ズンと重くなった子宮は彼を求めて疼いている。それだけじゃない。薄い膜で遮られていない彼の熱に、嫌悪が、ない——

——ピンポーン、という呼び出し音が湯煙を切り裂いて響いた。

おそらく部屋食の準備に仲居がやってきたのだろう。欲情の炎をジリジリ宿したままの視線が交わり、軽いキスをしてから利一が苦笑した。

「……続きは、あとで」

呆然としてしまって反応もできない花純に、もう一度キスをして、彼は風呂場から出て行った。

火照(ほて)った体を持て余して、ズリズリと湯のなかに座り込む。なんて間の悪い、と思ったけれど、これは救われたと言うべきなのだろうか。

あのままでは、きっと後先考えずに彼を受け入れてしまっていた。

（だけど――……）

湯よりも熱くされてしまった体は、しばらく脱力したままぴくりとも動いてくれなかった。

◆　◇　◆

微妙な空気で幕を開けた夕食は、甘口の食前酒からはじまり、花純がお刺身を平らげる頃にはいつもどおりの楽しい食事に変わっていた。

大きな卓いっぱいに並べられた料理に「多すぎる！」なんて言っていたのは最初だけ。小さなお鍋に入ったつみれも、プルプルの茶碗蒸しも絶品で、気付けばデザートのシャーベットまで、すっかりお腹のなかに収めてしまった。

「もうなにも入らないー」

食器類が片付けられた卓に突っ伏してそう言うと、向かいで利一が笑った。

「いつもの倍は食べたんじゃないか？」

「うー……そうかもしれないです……絶対入らないと思ったのに、美味しかったぁ……」

「食べ過ぎたか？」

「んー……食べ過ぎましたけど、今すっごい幸せです……美味しかったぁ……」

続きの間に布団を敷いてくれていた仲居二人が、パタパタと背後をとおっていった。

足音は、玄関へ続く引き戸の前で静かに止まる。

「ゆっくりお休みになってくださいね。明日の朝食は七時で承っております。他にご用はございませんか？」

「結構です」

「それでは、失礼いたします」

丁寧に礼をしてから仲居二人が部屋を出て行く。

利一が立ち上がって玄関の鍵を締めて、ついでに急須にお湯を足した。

家に置いてある彼の湯呑みは、この旅館で出されたものよりずっと大きい。たぶん、一杯では少し物足りなかったのだろう。

食後の温かいお茶は、彼の大切な習慣の一つだ。

筋張った大きな手が急須を傾けて湯呑みにお茶を注ぐ。長い指は綺麗だ。角度によって血管の浮く手の甲や、浴衣の袖口から覗く、適度に筋肉のついた前腕。

いつも見ているはずのパーツを改めてセクシーだなんて思うのは、彼が浴衣だからだろうか。

（利一さん、浴衣似合ってる……）

週に六日スーツの彼を見ているせいか、すっかりスーツのイメージが強くなっているけれど、週末一緒に映画に行くときのラフな服装も、寝間着の長袖のカットソーも、なんだってさまになるのが彼だ。旅館の地味な浴衣だって、こんなに色っぽく着こなしてしまう。

湯呑みを持ち上げてお茶を一口含む利一を、ついじーっと見つめた。

パッと目が合って、急に恥ずかしくなる。

「っ…………」

体の奥でくすぶる火種が再燃しそうで、卓に額を押しつけて目を逸らした。

「疲れたか？」

「……はい。でも、楽しかった、です……」

「お楽しみはまだ続く。明日は、君の念願の抹茶プリンだ。同僚にお土産を買うんだろう？」

「……そう、です。営業事務チームの柴田さんと飯塚さんには、お漬物。駒ちゃんには、八つ橋。新人の田中さんには、抹茶（まっちゃ）サブレ。主任には……主任も八つ橋でいいかなぁ……」

主任のぞんざいな扱いに、利一が笑っている。

（はじめて会ったときには、笑う顔なんて、想像もできなかったのに……）

今では、笑い声を聞くだけで、彼の幸せそうな顔が浮かぶ。

その顔を見ると、胸が甘く温かく満たされて、世界がワントーン明るくなったような気になるのだ。たぶんこれが、恋の威力。

「花純さん」

優しい声で呼ばれて、そろそろと顔をあげると、またあの幸せそうな顔があった。

「おいで」

手を伸ばして招かれて、胸がドキッと高鳴った。

招きに応（おう）じるのは、蜘蛛（くも）の巣に自分から飛び込んでいくようなもの。きっと彼は、当然のようにさっきの続きをはじめてしまう。

わかっているのに彼の側に行きたいと思うのは、理屈では片付けられない感情だ。

甘い瞳に引き寄せられ、花純の体はじりじりと畳の上を滑って彼の側へと辿（たど）り着いた。

木製の和座椅子に背を預けていた利一に腕を引かれ、誘われるままに胡坐（あぐら）を掻く彼の上にまたがって座った。浴衣の裾がめくれて膝下があらわになったけれど、剥き出しになった素足は、彼の視界には映っていないはず。

――本当は、この体勢だって恥ずかしい。

（でも、旅行に連れて来てくれた利一さんへのお返しだと思ったら、これくらいは……してあげても、いいかな……）

素直に従った花純に、利一は少し意外そうに目を細めていた。『よくできました』とでも言うように、彼の大きな手が頭を引き寄せて優しく髪を撫でていく。

「君が世界で一番可愛い」

「……………なに言ってるんですか」

「抹茶プリンも漬物も、いくらでも食べさせてやりたい」

わけのわからないことを言いながら、彼はずっと髪を撫でている。子供扱いされているようで癪だと思いながらも、利一の広い肩に頬を預けて寄りかかってしまった。

撫でられてゴロゴロ喉を鳴らす猫の気持ちが、今ならわかる。

（すごく、落ち着く……）

髪を撫でられるのも、大きな体に包まれているのも心地いい。湯上がりの利一の肌の匂いを求めて、すりっ、と鼻先を彼の首筋にくっ付ける。この匂いが好きだ。

「家にも和室を作るか……」

深い息を吐きだした彼が、その長い指で花純の剥き出しの脚に触れた。肌の肌理を確かめるように、つぅーっと足首からふくらはぎを辿り、浴衣の裾をまくりあげながら太腿へ這い上がってくる。そのまま浴衣のなかに侵入し、ヒップラインを包むレースの縁をそっとなぞった。

「っ……」

くすぐるような、いやらしい触り方にゾクッと肌が粟立ち、吐息がこぼれた。体の奥でくすぶっていた火種から白い煙がたちのぼり、脳が燻されてうまく機能しない。食後のけだるい空気が、恋人の甘い空気に変わっていく。

「花純さん」

鼓膜を震わせる低い声。顔を上げると、濡れたように艶めかしい光を帯びた彼の瞳が、花純だけを映していた。

今だけじゃない。今日一日、ずっと彼はこっちを向いてくれていた。これから先も、ずっとそうならいいのに――

近付いてくる唇に応えようと、瞼を閉じる。

濡れた唇が重なるだけで気持ちいい。露天風呂での戯れのせいか、彼を求める気持ちがいつもより高まっていた。気付くと、啄むような口付けに、たどたどしくも応えてしまう。

「ん……ふ、ぅ……」

侵入してきた彼の舌に口内を乱され、頭のなかはさらに真っ白に染まった。くちゅ、と音をたてながら絡みつく彼の舌が熱くて、そのまま溶かされてしまいそうだ。腰砕けになるキスでお腹の奥がウズウズと疼いて、呼吸が少しずつ浅くなっていく。またがった下に感じる彼の熱に、子宮が騒いでいた。

筋張った手が胸元に回り込み、花純の浴衣の合わせをぐっと開いてブラに包まれた胸をあらわにする。ドキンと心臓が跳ねて、これからはじまることに、体が勝手に期待していた。

丸い胸の谷とブラカップの境目を彼の指がそーっと辿り、まるで産毛を撫でるように何度もそこを行き来して、神経が集中して過剰に反応してしまう。けれど、彼の手はそれ以上の刺激を与えてくれない。焦れた体がビクビクと小さく揺れた。

（もっと……）

強く触ってほしいなんて、口が裂けても言えない。けれど、快感を待ち焦がれていると自覚して、ジュン……と股間が熱くなる。堪えきれずに、甘えた声が鼻に抜けた。

媚びた啼き声に満足したように、彼の口角があがる。

「触ってほしいなら、そう言えばいい。君が求めてくれたら、俺は一晩中触ってあげるのに」

「……や、ぅあっ……」

拒絶を示そうとした花純の背に手が回り、ブラのホックが外された。浮いたブラの下から入り込んだ熱い手に、またお腹の奥がジワリと疼く。

「感じやすいな。ここがもう硬くなってる」

「ひゃっ……！　んんっ……」

いきなり先端を摘まれて、縋りつくように彼の肩に抱きついてしまった。

それでも利一の手は胸から離れず、ツンと立った乳首をしごいてくる。転がしたり押し潰したり、軽く弾いたり。そのたびに体がビクビク跳ねて、情けない声がこぼれた。

「胸だけで感じてるんだな。さっきからずっとビクビクしてる。もう濡れてるんじゃないか？」

小さく首を横に振ったけれど、自分でもわかるほど秘処はぐっしょり濡れている。

利一にバレたら、きっとまた『こんなに濡らして』なんて言われて恥ずかしい思いをするはずなのに、早く触ってほしくて仕方がない。だけど、触ってほしいなんて言えるはずがない。

満たされないもどかしさでおかしくなりそうで、お腹の奥がウズウズして腰が小さく揺れた。

（もう、ダメ……………）

またがった彼の体、凶悪なほど猛々しく張り詰めたソコに、濡れた秘処が予期せず擦れた。ゾクゾクッと背筋が震える。

子宮が飢えたようにキュンと痺れて、また小さく腰が動いてしまう。すりっ、と布越しに秘処と彼の屹立が擦れ合い、腰の内に溜まったもどかしさが一瞬緩和される。

――理性なんて、もう残っていなかった。このもどかしさを解消できるなら、なんだっていい。限界まで高められた欲求が思考を呑み込み、痺れた脳が、下肢に動けと命じていた。

彼の手に乳首をもてあそばれてビクビク震えながら、たどたどしい動きで腰を揺らした。いきり勃った肉杭が、開いた割れ目を擦り、陰核を押し潰して、感じきった声が出てしまう。

「我慢できなくて、自分でしてるのか？　いやらしいな」

「んんっ……あっ、ぅう……」

慌てて否定するけれど、きゅぅっと乳首をきつく摘まれると体は勝手に動いて、秘処を彼に擦りつけてしまう。本能に突き動かされる花純を翻弄するように、利一はまた胸の突起ばかりを攻めてくる。

もうダメだ。これ以上は耐えられない。きつく彼に抱きついて、必死に首を横に振った。

「んっ……もっ、やだぁ……」

「だったら、こうしようか。これが気持ちいいんだろう？」

乳房から手が離れ、お尻を掴まれ、そのまま体を揺さぶられた。秘処がさっきより激しく彼の怒張と擦れ、瞼の裏が赤く染まる。

「あ、ぁっ、ダメぇっ……！」

「気持ちよくなりたいんだろう？　なればいい」

グリグリと陰核が押し潰され、抽送されているような速度で擦りつけられる。抵抗なんてできるはずがない。利一の浴衣を握りしめ、堪えきれない甘い声が漏れるばかりだ。瞼の裏でバチバチと火花が散って、ズンとお腹のなかが重くなり、爪先まで力が入った。

「んっ、やっ、あぁぁ……！」

快感が電流のように全身を駆け抜けた。大きく背を反らして果てた花純が脱力すると、そのまま冷たく硬質なものの上に横たえられた。

そこが、さっきまで食事をしていた座卓の上だと気付いたときには、ぐっしょりと濡れたショーツが引き下ろされていた。利一の指が、ぬるりと秘裂を滑る。

「本当に濡れやすい体だな」

「んんっ……ぁ、はぁ……」

ぬかるんだ蜜口に、とぷりと長い指が入り込む。いきなり二本の指を挿れられても、膣路は痛みを覚えるどころか、このときを待ちわびていたようにヒクついて彼を受け入れてしまう。

淫らな反応を示す自分の体が恥ずかしすぎて、腕で顔を隠した。けれど、蜜壺の奥を掻き乱されてしまえば声までは抑えきれない。

近付いてくる限界を伝えようと目を開けると、鋭い瞳がじっと観察していた。いやらしい雌の汁を滴らせるさまを、火照って淡い赤に染まった体を、彼は全部見ている。

ゾクゾク、と全身の産毛が逆立った。

見ないでほしいと思っているはずなのに。自分を見て欲情した利一に、欲情するなんて。

子宮がズンと疼いて、また奥から淫蜜が溢れた。荒い呼吸で頭は朦朧として、体はなに一つ言うことを聞いてくれない。きゅううぅと蜜口が彼の指を締め上げ、快感の波が高まっていると彼に伝えていた。

「ああ、指なんかでイかせない」

くちゅ、と指が抜け、利一の動く気配がした。きっと避妊具をつけているのだろうけれど、起き上がって姿を追うことなんてできない。布団に移動しようと思うのに、膝にも腰にも力が入らず、荒い息を繰り返しながらなんとか卓の上に上半身を預けて、腹這いになるのが精一杯だった。

花純の体が大きくうしろに引き寄せられて、胸から下が卓から落ちる。倒れないよう膝をつくと、浴衣の裾をめくりあげられ、うしろから熱い楔が秘処に押し当てられた。

「そこに掴まっているといい」

「うっあぁぁっ……！」

押し入ってきた剛直の圧迫感に、背がしなる。最奥までズン、と一気に突き上げられると目の前が真っ白に染まって体が震えた。

敏感な膣壁を容赦なく擦りあげる抽送に、必死で首を横に振って限界を伝えるけれど、情けない声が漏れるばかりで言葉なんて出てこない。

「っ……すごい締め付けだな。そんなに気持ちいいのか。搾り取られそうだ……」

そんなふうに言いながら、彼は悠々と腰を送って花純を突き上げてくる。

乱れた髪が顔まわりで揺れてうるさいけれど、整える余裕なんてどこにもない。大きく体が揺さぶられ、縋りついた座卓が一緒に揺れる。じゅぷじゅぷと接合部からたつ濡れ音に、肌と肌がぶつかる生々しい音が混ざって、聴覚まで犯されていく。

「もっと気持ちよくなって、俺から離れられなくなればいい」

強い執着を刻み込むように一番奥まで貫きながら、欲情の滲む声で利一が花純を呼ぶ。

「花純さん……ああ、すごく好い。君は、誰にも渡さない」

呑み込んだ剛直に擦られた膣壁が熱い。浴衣がどんどん乱れて、もう声を止められない。座卓に縋りついて喘ぐ花純の背に、彼の体が圧し掛かってくる。うしろからきつく抱き締められて、感じやすい奥ばかりを執拗に狙われると、眦から生理的な涙が溢れた。

「好きだ、花純さん……」

うわごとのように繰り返しながら、腰を打ちつけてくる。胸がギューッと締め付けられた。

花純の体の奥深くまで満たしているのに、この人の心は満たされていないのだ。自分はこんなに気持ちよくなっているのに、彼は花純の愛情を感じ取れていない。

（なんで――……）

快楽でダメになった頭は、難しいことを考えようとしてくれない。どうやって彼に気持ちを伝えたらいいのか、わからないままに喘ぐことしかできない。

「あっあぁあっ……！」

「花純さん、気持ちいいか？」

「んっ……！」

必死に頷く。呑み込んだ屹立が硬度を増して、お腹を抱きかかえていた彼の手が胸に伸びる。浮いたブラのなかで身をひそめていた乳首を摘まみながら腰を送られては、ひとたまりもない。

「ん、あぁあっ……！」

仰け反って達した花純のなかを、いきり立った肉杭はなおも食い荒らしていく。

「あぁあダメぇっ、まだイッて――ん、あぁっ……！」

立て続けに達してしまいそう。体の芯が硬直して動けない。

利一は大きく腰を動かしながら、荒々しい息を吐きだした。

「俺もイキそうだ……」

「んっ、んっ、りいちさっ……！」

高く啼いて果てた花純のなかで、ビクンと彼の剛直が震えた。避妊具越しに伝わる熱にも感じてしまい、弱々しい声が漏れる。

座卓の上に崩れた花純の耳元で、優しい声が名前を呼ぶ。朦朧としながら、お返しのように彼の名を呼んでみると、耳に触れた利一の唇が満足そうに引き結ばれる。

閉じた瞼の裏に、あの幸せそうな笑顔が浮かんで、また胸が温かくなっていった。

◆◇◆

翌日。

宿の最寄り駅から電車で約三十分。

目的の湯豆腐店は、古都京都のイメージを守る純和風な建物が並ぶ一角にあった。

歴史を感じさせる店構えにくわえて、店先には提灯（ちょうちん）が吊るされ、時代劇の茶店にありそうな赤い布のかけられた縁台が置かれている。出迎えてくれる店員も当然のように和装だ。

（わぁぁ〜！　映画で観たお店だ！）

「十三時に予約した、舘入です」

店内をぐるりと見まわしていた花純の隣で、利一がしっかりと受付を済ませてくれる。

受付の奥には靴箱があり、一段上がった向こうには広い座敷が続く。

中央に通路のスペースがとられていて、その左右に座卓が置かれていた。座卓の下は掘りごたつになっており、席はそれぞれ腰のあたりまでの格子衝立（ついたて）で仕切られている。

（本物だぁ〜〜!!）

映画で観た光景とまったく同じ光景が現実に広がっている興奮で、花純の口角はあがりっぱなしだった。

「ご案内します。こちらへどうぞ」

靴を靴箱に入れ、店員に案内されるままに座敷に上がった。

店内の席は半分ほどが埋まっており、お客さんは比較的年齢層の高い夫婦が多い印象だ。カフェやファミリーレストランとは違った、ゆったりとした空気が流れていた。

店員に続いて進んでいた利一が、突然足を止めた。

「ああ」

なにかに気付いたように声を上げた利一に、花純も足を止めて彼の視線を追う。そこには――

（利一さんのお母さん!?）

お見合いの席で、自身の料理失敗談を気さくに話してくれた利一の母、泰子がそこに座っていた。泰子も目を瞠（みは）っている。

どうしてここに？　まさか、泰子も京都観光でこの店に？　そんな偶然、あるだろうか？

「まぁ、こんなところで会うなんて！　あなたたちも旅行なの？」

「はい。奇遇ですね」

丸い目をこれでもかと見開いている泰子と違って、利一にはこれっぽっちも驚いた様子がない。恋人との旅行先で親に会ったら、普通はもっと気まずい顔をしそうなものだけれど、利一にはそれもない。

まるで、今日この時間、泰子がこの店にいることを知っていたような――

（まさか!?）

ハッとして利一を見上げたけれど、彼は決して花純を見ようとしない。

疑いはすぐに確信へ変わる。だってこんな偶然ありえない。利一がまた、花純を罠にハメたのだ。目を合わせないのがその証拠。

（この人は本当にっ……!!）

今度はいったい、なにが目的だ!?

「花純さんも、お久しぶりね」

「お久しぶりです」

ピクピクッと痙攣する頬で、なんとか泰子に挨拶を返した。気の利いた言葉なんてなにも出てこない。

利一はきっと、お見合いを避けるために花純との婚約を両親にも伝えているはずだ。

泰子からすれば、花純は未来の嫁――寒くもないのにブルッと震えが走った。

外堀をコンクリートで埋められてる気がする……

「あなたたちは、これからお食事なのかしら？」

「はい、今着いたところです」

「そうなの。そうだ、せっかくだからここに座ったらどうかしら？　私たちは、このお茶を飲んだら出るつもりだったから、少しだけ。だってこんな偶然、なかなかないものね」

「……わぁ、いいんですか嬉しいー」

自分でも驚くほど白々しい声だった気がしたけれど、息子の嘘を信じきって、偶然の再会を喜んでくれている様子の泰子の気持ちは無下にしたくない。

獲物が罠に落ちる瞬間を待っていたかのように、利一が先導していた店員に声をかける。

「――すみません。席をこちらにしていただけますか。両親とばったり会ってしまったので」

（両親？）

ふと見ると、泰子の向かいには五十代の男の人が座っている。

白髪交じりの髪をうしろに撫でつけた、見るからに厳格そうな人だった。

この人が、利一の父で、舘入商事の社長――

「まぁ、どうぞどうぞ！　ご注文はあとで伺いに参りますので、ごゆっくりどうぞ」

店員も利一の嘘を信じたらしく、あっさりと去って行った。

「花純さん、座ってちょうだい。どうぞ」

「失礼します……」

ひきつった笑みで、招いてくれた泰子の隣に座る。彼氏のご両親、しかも大企業の社長夫妻と、心の準備が整わないうちに対面することになったのだ。緊張しないわけがない。

利一は、父親の隣に腰を下ろした。

並んでみると、舘入社長と利一はよく似ている。高い鼻や、ぎゅっと真一文字に引き結ばれた口元。そして、人を竦ませるほどの鋭い眼光。

舘入社長のその目は、ギロリと利一に向けられていた。

「利一、どういうつもりだ」

父親は息子の策略に気付いているらしいけれど、責められているはずの利一は顔色一つ変えない。

取っ組み合いの喧嘩がはじまるんじゃないかとヒヤヒヤして、花純は助けを求めるように隣の泰子を一瞥した。けれど、泰子はのんびりお茶をすすって、慈愛に満ちた眼差しで向かいの男二人を見守っている。

「父さん、彼女が婚約者の瀬村花純さんです」

「婚約はハッタリではなかったわけか――それで？　おまえは、そんなくだらんことを言いにここまで来たのか。何度も言ってきたはずだ。具体的な数字を示せと。理想論ばかり並べるのは、優一だけで十分だ」

花純が責められているわけでもないのに、泣きだしたくなるほど厳しい口調だった。

舘入社長は、花純が気に入らないから機嫌が悪いのではなく、きっと利一にいつもこういう言い方をしているのだろう。

三十歳までに結婚しろと、息子の意思を無視してお見合いを強制していた人。そこには、早く身を固めて会社をもり立ててほしいという息子への期待があるのだろうけれど、そんな期待よりも、もっと大切なことがあるんじゃないだろうか。

息子の幸せとか。息子の想いとか。

この二人はまるで他人みたいだ。

上下関係が明確で、彼と利一の間には、気安さも甘えも存在しない。

ただただ高圧的で、感情や気持ちなんてものは利一に求めていないという舘入社長の態度に、尖(とが)ったガラスで刺されたみたいに、胸がズキンと痛んだ。

利一の表情は、冷たく引き締まったままだ。まるで彼が父親と戦っているように見えて、気付けば膝の上に置いた手をぎゅっと握り合わせていた。

頑張れ、と、利一を応援するように。

「彼女のご両親には、結婚の承諾(しょうだく)をいただいています。現在は一緒に暮らし、結婚の準備を進めているところです」

結婚の準備なんてしていないけれど、これはきっと父親を納得させるために必要な嘘なんだろう。

「結納は、例の案件が落ち着いた六月末に、入籍は七月末に。夏場の結婚式や披露宴は暑くて彼女の負担になりますから、式は九月に行うつもりです。式の場所はまだ検討中ですが、披露宴は都内のホテルを予定しています」

業務報告のように、自分の知らない結婚計画を聞かされて変な汗が浮かんでくる。

いや、だけど、きっとこれも必要な嘘……

「社内での正式な発表は、結納後に、と考えています」

「なるほど」

よどみなく、利一だけで練られた結婚計画を聞かされた舘入社長は、あっさりと納得している。

「それで？」

「舘入は、自分が継ぎます」

鈍器で後頭部を殴られたみたいな衝撃に襲われた。

舘入を、継ぐ？　それって、会社を継ぐということ？

「やっと腹が決まったか」

獰猛な笑みが舘入社長の顔に浮かび、地響きのような低い笑い声が聴こえてくる。

「おまえが結婚して社会的にも認められれば、役員の連中も納得するだろう——逃げ出した優一とは大違いだ。やはり、優しさ第一の男より、利益第一の男が優秀か」

舘入社長の人の悪い笑みは、花純を苦い気持ちにさせる。きっと、優一というのが利一の兄なのだろう。優しい人でありますように、と名付けられた兄に対して、利一は――

（利益、第一って……）

「行きましょうか、お父さん」

話が一段落ついたことを察知した泰子が、舘入社長を促(うなが)した。

「花純さん、慌ただしくてごめんなさいね。また今度、ゆっくりうちに遊びにいらっしゃい。いつでも歓迎しますよ」

「ありがとうございます」

夫の毒気を中和するような優しい微笑みの泰子に、花純も笑顔で応(おう)じた。

去っていく二人を見送ると、注文を取りにくるタイミングを見計らっていた店員がやってきて、目当ての湯豆腐セットを二つ頼んだ。受け取ったおしぼりで手を拭きながら、花純はテーブルの木目をじっと見つめていた。

情報の渦に呑み込まれ、頭のなかも、感情も整理できない。

「花純さん、驚かせて悪かった」

顔をあげると、いつもどおりの利一がそこにいる。

さっきまでの冷たい表情が嘘のように穏やかな目をした彼は、さすがに少し疲れたような、申し訳なさそうな顔をしていた。

胸がジーンと熱くなる。いつもの彼に戻ってくれて、ホッとしている自分がいた。父親と話している利一はどこか無理をしているように見えて、そんな彼を見守ることしかできない自分が歯がゆい。

「父を納得させるために、君を紹介しておきたかった」

舘入社長は婚約を信じていなかった様子だったし、会う必要があったのはわかる。もちろん「親に会ってくれ」と事前に言ってほしかったという思いもあるけれど、「ちなみに、俺の父親はかなり気難しいタイプだ」と知らされていたら、花純は尻込みしたに違いない。

きっと、利一はそれをわかっていて、この強引な顔合わせに踏み切ったのだろう。

舘入社長の高圧的な態度が強烈すぎて、利一への怒りはほとんど消えかかっていた。利一には、花純には想像もつかないような、利一なりの苦労があるのだ。

「悪かった、花純さん。せっかくの旅行に、こちらの都合を持ち込んで」

「……こういうドッキリは、本当に、もうやめてくださいね。ビックリしちゃいますから」

「……怒ってないのか？」

「怒ってましたよ。でも、もういいです。利一さんの事情も、なんとなくわかりましたし……」

チラ、と上目遣いに彼を見遣ると、利一はあからさまに安心した顔になっていた。父親と話していたときの鋭さなど微塵も感じさせない無防備な表情に、胸の奥の苦い気持ちがジワジワと溶かされていく。両親にも見せない素の表情を、彼は花純には見せてくれる。それが、嬉しいのだ。

「そ、それよりっ……利一さんが会社を継ぐって、本当なんですか？」

「そうなる予定だ」

――逃げ出した優一とは大違いだ。

舘入社長の声が蘇り、ぼんやりと家庭の事情を察した。

けれど、長男ではなく次男の利一が会社を継ぐことに、周囲からの反発はないのだろうか。

利一自身は、どう思っているんだろう。本当にそれでいいのだろうか？

「花純さん、心配しなくていい。会社を継いでも継がなくても、両親とは同居しない。君に負担をかけるようなことにはならない」

利一には、花純が先行きに不安を覚えて黙り込んだように見えたらしい。

同居というあまりにも生々しい単語が飛びだして、かえって焦ってしまう。

「そ、そんな先のことは考えてませんっ。利一さんが三十までに結婚しないといけないって言ってたのは、会社を継ぐためだったんだなぁ、って考えてただけですっ」

「そうだ。結婚しなければいけない理由は、会社だ。兄が跡を継がないと言って家を出たとき、かなりもめた。最終的に会社は俺が継ぐ方向で話はまとまったが、兄が未婚だったことを持ち出して、家庭を持たない男は責任感がない、だから会社を任せられないという声も多くあがった。だから父は俺に、三十までに結婚しろと言ったんだ」

今どき三十代の未婚男性なんてめずらしくないけれど、社会では「男は家庭を持って一人前」という考え方がいまだにある。

舘入商事の社内事情を知らなくとも、大企業のドロドロした覇権闘争は映画でもよくある話で、彼の父親がそう言わざるをえない状況も想像はつく。だけど……。

「……利一さんは、それでいいんですか？　会社を継ぐって、納得してるんですか？」

「当時はかなり複雑だった。俺と兄の関係は良好だが、いまだに俺が兄を蹴落としたと思っている人間も少なくないし、今後も世間はそう見るだろう」

「そんなっ……！」

「そういう人間はどこにでもいる。相手にするだけ無駄だ。割りきったほうがいい。君がそうじゃないとわかってくれるなら、それでいい。――そう、今は会社を継ぐことに納得してる。兄は、優しすぎたんだ」

最後の一言に、彼の兄への想いが詰まっている気がした。

兄の決断が利一の人生を大きく変えたのは間違いないはずだ。後継者問題でもめたとなれば、後釜の利一への重圧は相当なものだろう。けれど、利一のなかに、兄への恨みはひとつもない。

（優しいのは、利一さんのほうだよ……）

お見合いの席で、冷たく自分をこき下ろした利一に「温室育ち」なんて言ってしまったことを後悔した。あのときは彼もひどいことを言ったのだからお互い様かもしれないけれど、彼は一般庶民とは違う部分で、厳しい環境を生き抜いてきたのだ。

なにもわかっていなかった。

「……そんな大変なことになってたなら、言ってくれればよかったのに」

ふっと気の抜けた笑みを浮かべて、利一は小さく首を横に振った。

「言ったら、君はもっと必死で逃げただろう？　『会社を継ぐための結婚なら、相手は自分でなくてもいいだろう、他を探せ』なんて言いだしたかもしれない。俺は君と結婚したいのに、誤解をされたくなかった」

確かに、利一からの気持ちを実感する前に事情を知ってしまっていたら、相手は誰でもよかったんじゃないか、なんて勘ぐってしまっていただろう。

「さすがにもう、俺が君にしか興味がないことも、君以外の人と結婚する気がないことも、わかってくれただろう？」

不意打ちに、胸がドキッと高鳴ってしまう。

（もうっ……！）

カァッと顔に熱が集中して、それを見ていた利一の顔が満足げに緩むのがどうにも悔しくて、ついっと顔を背けた。

こんなところでこれ以上甘い言葉を囁かれては、湯豆腐を味わうどころではなくなってしまう。下手をすれば公開プロポーズだ。まだまだ気になることはあるけれど、いったんこの話を打ち切るべく、そっぽを向いたまま言った。

「……利一さんも、いろいろ大変なんですね」

「でも今は、君がいるから、頑張れる」

「っ――――！」

花純のような平凡な人間のどこをそんなに気に入ったのかはまるでわからないけれど、視界の隅に映る利一の幸せそうな表情が、花純といることでこれから先も続くなら、自分が彼の温室になってあげたい、なんて、ついうっかり思ってしまった。

6

大型連休明けのグラシュー社内は、連休前より慌ただしい。

コラボの担当者が、そちらにかかりきりになっているからだ。

花純の所属する営業事務チームも、通常より少ない人数で日常業務と連休明けのイレギュラーに対応することになり、時間の流れがいつもより速い。

デスクのパソコンに表示される時刻を確認すると、もう四時四十分。終業時刻の二十分前だった。

いつもならまだ慌てる時間ではないけれど、今日は四時五十分から社長の広歌が営業部にやってくる。いよいよコラボ情報が社内解禁になるのだ。

朝から営業部の全員にメールが送信されたため、フロアには今日一日ずっとソワソワと落ち着かない空気が流れていた。

「駒ちゃん、返品処理終わりそう？」

「うん、いけそうー」

親指を立てて返事をした駒田の向こうで、ガタンと物音がした。新人の田中の席だ。

何事かと見てみると、彼女はとろんと半分閉じかけた瞼（まぶた）を持ち上げて、周囲を見回している。

（居眠りしてた？）

連休前から凡ミスの多かった田中だけれど、今日はずっとボーッとしていた。

入社してひと月経過した気の緩みと、連休明け初日で疲れがでているのかもしれないけれど、業務中に居眠りなんて……

田中は、連休前に出荷業務でありえないミスを連発し、主任の相澤が一日中謝罪の連絡をする羽目になった。連休明けの繁忙にくわえてベテラン二人も主任も不在の今日、田中は主任から『忙しくて仕事をみてやる余裕はないから、今日は一日電話番と伝票入力』と単純な仕事を言い渡されて、むくれていた。

本人のやる気のなさが仕事にも直結したようで、今日の田中は、電話番でも担当者名を聞きそびれたり会社名を聞き間違えたりと、とにかくミスが多かった。

その上、居眠りとあっては、さすがに放置しておくわけにはいかない。

花純は静かに田中の横に移動し、船を漕ぐ彼女の肩にそっと手を置いた。

「田中さん」

「わっ！　ビックリしたぁ。なんですか？」

田中は痴漢にでもあったように身を竦ませて、迷惑そうに花純を見上げる。

居眠りをしておきながら、反省の色もない。大型連休で学生気分に戻ってしまったのだろうか。だとしたら、明日からは気持ちを引き締めてもらいたい。

「連休明けだからって、居眠りはさすがに気を付けて。仕事だよ。主任から頼まれてた伝票処理、終わった？」

「……まだですけど？」

田中に渡された業務量は、新人でも半日あれば終わる程度のものだった。与えられた仕事も終わっていないのに、居眠りをしていた。その上この態度なのだから、花純の視線が少し鋭くなるのは当然だった。

「じゃあ、残りは明日に回して。社内メールは確認した？　今日なにがあるか、覚えてる？」

「……社長が来るんですよね？」

「そう。だから今日はいつもより十分早めに締め作業するって、朝にも言ったよね。給湯室の掃除よろしく。今日の当番、田中さんでしょ。あと五分しかないから、急いで掃除してきて」

ため息をつきながら、田中は椅子からダラダラと立ち上がって給湯室へ向かっていった。

田中を見送りながら、駒田が唇を歪める。

「なにあの態度……」

四月にはフレッシュな笑顔で入社してきた田中が、どうして仕事中に居眠りなんて。凡ミスは多かったし、遅刻も何度かあったけれど、ここまであからさまな態度ははじめてだ。

もしかして、自分の指導がよくないせいで彼女のやる気を枯れさせてしまったのだろうか。

もしくは、田中の体調が悪かったとか？　生理前で気が立っているとか？

そういう理由であってほしいと思う。花純は、自分にできることをやってきたつもりなのに、すれ違ってしまうのは、やはり悲しいものだ。

「……日報やっちゃうね」

デスクに戻り、沈んでいく気持ちをなんとか奮(ふる)い立たせながら、一日のウェブ受注数などを記録してある日報をまとめる。

花純がパソコンのファイルを閉じて、お気に入りのボールペンをペン立てに入れたのと同時に、田中が小走りでデスクに戻ってきた。出て行ったときの顔とは真逆の、弾(はじ)ける笑顔だ。

「すっごいイケメン見ちゃいました！　たぶん、コラボ関連の人ですよ、アレ！」

「へぇ～」

駒田が適当に相槌(あいづち)をうつ。

「モデルさんかも！　ほんと、すっごいイケメン！　あんな彼氏ほしい～」

「ふうん？　でも、田中さん彼氏いるでしょ？」

「あれに言い寄られたら彼氏なんてポイですよ～！　ホント、それくらいカッコイイ人！」

「へぇ〜」

うっかり笑ってしまいそうになるくらい、駒田の返事は適当だ。そこへ、ゾロゾロとコラボ担当者たちがきた。彼らのうしろに、広歌が続いているのが見える。

「ほら、立って。田中さんも」

社長を出迎えるために、営業部のスタッフは全員その場で立ち上がっていた。

花純たちも三人横並びになり、他のスタッフたちと同じく口を閉ざして社長を迎える。

目の覚めるようなブルーのワンピースに白のジャケットを合わせた広歌が、長い髪をなびかせながら颯爽とオフィスに入ってくる。

広歌の容姿には欠点がない。

小さな顔に完璧なバランスでパーツが配置されていて、三十三歳という年齢が嘘のように肌にはシミ一つない。髪にも傷んだ箇所はなく、ゆるやかな曲線を描いて背に流されていた。

（本当にカッコいいなぁ……）

元モデルだけあって、広歌の身長は高い。ヒールを履くと、百七十五センチはあるという。けれど、それを気にしてローヒールを選ばないところが、また女子の憧れを集めるのだ。

「皆、お疲れさま。時間をとってくれてありがとう」

足を止めた広歌の隣に、彼女よりさらに背の高い男の人が並ぶ。

「ほらっ！　あの人！」

「シーッ！　静かに」

騒ぎかけた田中を黙らせた花純は、ふたたび広歌たちのほうへ顔を向け――凍り付いた。

隙のないスーツ姿の彼を見た瞬間、全身から汗がふきだす。

（っ――利一さんっ⁉）

広歌の隣に立っているのは、間違いなく利一だ。

引き締まった表情はよそ行きのそれだけれど、今朝も花純を駅まで送ってくれた彼を見間違うはずがない。

営業部の女性社員がにわかにざわつき、「あの人誰？」と好奇心に満ちた囁き（ささや）が飛び交っていた。しかし、そんなものに構う余裕はない。

どうして彼がここに？

まさか、コラボというのは……

「今朝送信したメールにも書きましたが、グラシュー初の、他社との共同事業が進行中です。コラボする会社は、舘入商事さん――こちらは、舘入商事の副社長、舘入利一さん」

「はじめまして、舘入です」

（副社長⁉）

聞いていない‼　そんなの一度も聞いていない‼

「皆さんも知っていると思うけれど、舘入商事さんは近年、ウェディング事業に力を入れていらっしゃいます。そこで今回、私がプロデュースしたウェディングドレスを、舘入商事のウェディングラインから発表することになりました。うちとしてはかなり大きな規模の案件になるから、担当メンバーには、今後しばらく通常業務から離れてもらうことになります。現場にも負担をかけるけど、フォローをお願いします」

いったん言葉を切った広歌は、ふっくらした唇をめいっぱい横に広げてニヤリと笑う。

「正式な発表は六月中旬。レセプションパーティーでは、私が一晩限定で、モデル復帰します」

フロア全体がざわめいた。

広歌は八年前、二十五歳の人気絶頂時にモデルを引退し、その後、芸能活動は一切していない。自社の新作発表のときも一度も、舞台に立つことはなかった。それでさらなるプレミアがつき、広歌の人気は今も根強い。

裏方に徹する——それは広歌のものづくりの信念だった。

その信念を曲げてでも、この事業を成功させたいということなのだろう。

　グラシューの初コラボ、広歌の一日限定カムバック。共同制作の相手は大企業の舘入商事。

　注目度は抜群だ。

「舘入商事の面目（めんぼく）が潰れるほど、うちのドレスで稼いでやりましょう」

　社長の強気すぎる発言に、大波のどよめきが起きる。

　広歌はまたニヤリと不敵に笑って、隣の利一を見上げた。

「どう？　うちの社員は、皆やる気たっぷりよ。もちろん私もね」

「なるほど」

　利一が花純の知らない顔で、広歌に答えている。

　その顔は、彼が父親に見せる顔より親しげで、花純に向けるそれより意地悪で、ビジネス以外のなにかが二人の間にあるように感じさせる。

　キーン、と、耳の奥で甲高い音が響いた。警告音のようなそれが、反響しながら鼓動を急（せ）かす。なんだろう、この感じは。全身が、ソワソワする……

　パン、と広歌が手を叩いた。

「皆、わかってると思うけど、この案件は社外秘です。皆さんに伝えたのは、この案件で抜ける担当者に質問が集中しないようにという配慮よ。風通しのいい会社としてやっていくためにも、各自、責任感を持って行動してくれると信じています」

「そんなふうに言われちゃったら、誰にも言えないよねぇ」

駒田に頷いて返事をしながら、花純はパンクした脳の修復に取りかかれないでいた。

――コラボ、副社長、広歌とのやりとり。

頭のなかで意味をなさない言葉が、洗濯機の渦みたいにグルグル回る。

「それじゃあ、今日も一日お疲れさまでした。また明日からも頼むわね――さぁ、行きましょうか」

広歌の解散の声で、フロア内の人間が退勤の準備や、残っている仕事に戻りはじめる。

広歌に促(うなが)されて利一も営業部から出ようとして、ふと、足を止めて振り返った。

「っ――――！」

目が合った。

（わあああああ、こっち見るなあぁ!!）

慌てて顔を背(そむ)けると、今度は疲れた顔の主任の相澤と目が合った。バツイチ男の相澤は、花純が机の上に置いた八つ橋の箱を持ち上げて苦笑している。

「瀬村ぁ、嫌がらせか？　こんなデカい八つ橋、俺一人で食えないだろうが」

「……頑張ってください。いけます。主任ならいけます」

「おいー、なんか返事が適当じゃないか？　俺の胃袋の心配もしろよー、誰も心配してくれないんだよー」

相澤はぶつぶつ言っているけれど、それどころではない。

どうしよう。利一は、プライベートな話を広歌にしてしまうだろうか？

自分はどう振る舞うべきなのだろう？　知らない顔をしておけばいいだろうか。

きっと利一がグラシューに来るのは今日が最初で最後だろうし、黙っていても誰にも――

「花純さん」

「ひぃっ!!」

変な声が出た。『花純さん』なんて呼ぶ人は、この世に一人しかいない。

飛びあがって振り返った花純の背後で、利一が堂々と立っている。周囲の視線が刺さるようだ。

「これから懇親会で、グラシューの皆さんと食事に行く」

「あれっ、舘入さんはうちの瀬村とお知り合いなんですか？」

相澤が立ち上がり、営業スマイルで利一に問いかけた。

利一のほうは、家にいるときとは別人のような冷淡な表情で頷いていた。

「はい、彼女はこんやく――」

「知り合いです!!　うちの叔母が、実はデザイン系の会社を経営していてっ！　舘入商事さんにいつもお世話になっていて!!」

かつてないほど大声かつ早口でまくしたてた花純に、周囲からの怪訝な眼差しが注がれる。

けれども、こんなところで「婚約者」なんて利一に言わせてしまうわけにはいかないのだから、なりふり構っていられない。

「そういうお知り合いでしたか！　そうとなれば、ほら、瀬村も懇親会に参加だなぁ！」

いつの間にか花純の隣に立った相澤が、こっそりと「なんか圧が強くて怖いから、この人の相手してくれ。頼む！」と耳打ちした。一度は首を横に振ろうとした花純だけれど、懇親会に利一を一人送り出していいのかと急に不安になった。

今、利一は平気で花純との婚約を公表しようとした。

懇親会でも、自分たちの関係を黙っていてくれるとは限らない――

（絶対に放置しちゃダメだ!!）

「行きますっ……！」

こうして花純は、懇親会への参加を志願した。

駅前の落ち着いた居酒屋の個室で、テーブルを囲むのはざっと二十人ほどだ。

舘入商事からは利一を含む五人が参加しているのみで、あとは全員グラシューのスタッフである。人間が二十人もいれば自然とグループに分かれるもので、現場社員のグループが両端にできあがり、役職者が中央に集まっていた。

舘入商事の副社長とグラシューの社長が向かい合い、両社の営業部長をはじめとする役職が集まるなかに、花純はぽつんと身を縮めて座っている。利一の隣で。

「舘入さんは、うちの社長と同じ大学のご出身でしたか」

「ええ、まぁ」

営業部長に対する利一の反応は薄い。

きっと仕事中の彼はいつもこうなのだろうけれど、家で見る彼との差に、なんだか落ち着かない。

向かいの広歌が、お茶の入ったグラスを揺らして、氷をクルクルと回していた。

「この人はね、モデルとしての知名度で入学した私と一緒にされたくないのよ。そりゃそうよね。利一君は、お勉強して正々堂々と入学したんだし」

乾いた笑みを浮かべた利一は、それ以上その会話に興味がないと示すように、グラスのビールに口をつける。

広歌のアシスタントが興味津々で身を乗り出した。

「社長と舘入さんは、大学を卒業してからも親交があったんですか？」

「……んー、私がグラシューを立ち上げてからは連絡も取ってなかったんだけど……ここ二年くらいかしら。利一君とは、いろんなイベントで顔を合わせる機会も多くてね。ウェディング事業で印象的なイベントをやりたいって話だったから、一枚かませてもらったってわけ。ウェディングドレスなんて、今のグラシュー単独では逆立ちしても出せないモノだもの。そういうわけで、今回のコラボが実現したの」

広歌がグラシューを立ち上げたのは六年前だ。

大学時代に知り合った二人が時を経て、華やかなレセプションパーティーでばったり顔を合わせた様子を想像して、みぞおちのあたりがズンと重くなる。

大学時代の利一を知っている広歌と、利一の出身大学も知らなかった自分。

広歌が「利一君」と呼ぶたびに、寿命が縮むように胸がギュッと苦しくなるのは、いったいなんだろう。

「瀬村、お酌お酌」

花純の右隣に座る相澤が、そっとビール瓶を押し付けてくる。

見ると、利一のグラスはほとんど空だ。

皆の前で利一と関わるのは避けたいけれど、隣に座っている平社員の花純がぼーっとしているのもおかしな話である。冷えたビール瓶を受け取った。

「舘入さん、ビールはいかがですか？」

「ありがとう――瀬村さん」

利一の目元がやわらかくなり、グラスに残っていたわずかな量を飲み干した。彼は、一応花純の意思を汲み取って、名前で呼ばないように気を付けているらしい。

それはわかるのだけれど……

（表情っ‼　お願いだからもっと隠してっ……‼）

彼のグラスにビールを注ぐと、営業部長が舘入商事のウェディング事業に関する質問を投げかけた。利一の注意が営業部長に向いている隙をついて、右から相澤が耳打ちしてくる。

「瀬村ぁ、舘入さんとは、本当に叔母がらみの知り合いってだけか？」

「っ……はい、本当に、ただの顔見知りですけど？」

「向こうはそんな感じじゃないだろ。おまえも気付いてないわけないよな？」

「な、なんの話ですか？　主任、酔ってます？　やだなー」

とぼけてみると、相澤の向こうに座っていたグラシューの女性社員がクスッと笑う。

「相澤さんと瀬村さんって、いつも仲いいですよねー。この間もお昼一緒に食べに行ってませんでした？　もしかして、付き合ってるんですか？」

「いやいや、まさかー。あのときも、駒田とか、あっちで飲んでる他の営業事務チームの社員も一緒でしたし。それに、俺はまだ傷心中ですよ？　ないないないー」

ははは、と自身の離婚で笑いを誘った相澤のあとに口を開いたのは、営業部長だ。

「いやぁ、しかし世間は狭いですな！　瀬村君の親戚と、舘入商事さんに取引があったとは」

「舘入さんは、瀬村さんとも以前からのお知り合いなんですよね？」

「いえっ」

「はい、一年ほど前から」

返事のタイミングが、完全に利一とかぶってしまった。

ここはもう、明確な返事をした彼に合わせるしかない。打ち合わせもなしに、完璧に話を合わせられるはずがないのだ。

これくらいは、想定内。まだ取り繕（つくろ）えるはず。

「何度か、ご挨拶（あいさつ）させてもらった程度でっ。そんな、知り合いってほどじゃ……ははは……」

「そのわりには、親しそうね？」

広歌が目を細めて利一を見据える。女王の目だ。平民の花純など、一瞬で気圧（けお）されてしまう。

怯（ひる）んだ花純にかわって、隣の利一が意地悪く笑った。

「それはそうでしょう。彼女とは、婚約しているので」

（わああああああああああああああ!!）

なぜ!!　言うのか!!

「ええっ!?　婚約!?」

「本当か、瀬村君！」

「えっ、瀬村さん結婚するの!?」

話に参加していなかった社員までもが花純を覗き込んでくる。

視線が針のように刺さり、顔が茹でダコのごとく真っ赤になっていくのを感じる。

心臓がバクバク鳴って、口から飛び出してしまいそう——

「えっ、瀬村、本当に？」

相澤の声を最後に、すべての気配が遠くなっていく。

全身を血が駆け巡り、ジーンと耳の奥で耳鳴りがした。

時が止まったような空間のなかで、ぼんやりと利一を見上げる。

自分だけを映す彼の両眼は揺らがない。それはまるで、花純の本心を聞きたいと願っているような目だった。

（どうしよう——……）

彼にお見合いをしてほしくないなんて独占欲もあって、同棲と婚約には納得したけれど、周囲に打ち明ける心の準備はできていなかった。ついさっきまでは利一もそれを汲んで、配慮を見せてくれていたのに、どうして話してしまったのだろう。

同僚や上司の前で婚約を認めたら、もう逃げられない。こんなふうに追い込まれて結婚に同意したくなんてない。

でも、頭の隅では、彼の父親に会ったときからわかっていた。

(もう、ちゃんと決めなくちゃいけないんだ……)

同棲をはじめて一ヶ月。彼の結婚のリミットまで、約二ヶ月。

利一の計画では、来月には結納や社内での発表も控えているのだから、花純に本当に結婚する気がないなら、彼は会社を継ぐために別の結婚相手を探さなければならない。

(それは、嫌……!)

利一に、他の人と結婚してほしくない。

彼にはもっと相応しい人がいるはずだと、今だって思うけれど。

(それでも、一緒にいたい……)

利一の隣にいるのは、自分でありたい。

ド庶民で、利一とつりあわないとわかっていても、彼と別れたくない。

――君がいるから、頑張れる。

仕事相手にも両親にも見せない、あの幸せそうな顔を自分に向けてくれる彼の側にいたい。

欠けていた最後のピースがはまるように、ストンと、胸の奥になにかが落ちた。

「………はい、本当です」

利一を見上げたまま、小さく頷く。彼の目がわずかに見開かれて、すぐに細くなっていく。周囲では一体感のあるざわめきが広がり、テーブルの下では、花純の手に、そっと利一の手が重なった。

◆　◇　◆

トイレの手洗い場で冷水に手を突っ込んで、特大のため息をつく。

利一との婚約を認めたあと、花純は質問の集中砲火を浴びることになってしまった。平凡な人生を歩んできた花純にとって、あれほどの注目を浴びるのははじめてで、三十分ほどですっかり神経を削られて、一人トイレに逃げてきたのだ。

懇親会がはじまってから一時間半。そろそろお開きの頃合いだろうけれど、明日から会社でどんな顔をして過ごせばいいのかと考えると、気が重い。

（駒ちゃんにも質問攻めにされそう……）

周囲の反応はおおむね好意的だけれど、利一がいない場所でもそれが続くとは限らない。

数日後には「どうして瀬村さんなんかが？」という声だって耳にするかもしれない。

（覚悟しておかないと……）

気を引き締めて一人頷いたところに、トイレの入り口のドアが開いた。

入ってきたのは広歌だった。社長の登場に、丸くなりかけていた背筋がしゃんと伸びる。

「お疲れさまです」

「お疲れさま。ねぇ、本当なの？　利一君との婚約」

三つ並んだ手洗い場の一番出口側の鏡の前に立ち、広歌はポーチからリップを取り出した。

形のいい唇に赤いリップを塗りなおしながら、鏡越しに花純を見遣る。

社長と二人きりという緊張感にくわえて、正体不明の胸のざわめきに、また胃のあたりがズンと重くなった。手をハンカチで拭きながら、小さく答える。

「……はい」

「へぇ……じゃあ、利一君は会社を継ぐって決めたのね」

独り言のような広歌の言葉に、返事はできない。

確かに先日、利一は父親に会社を継ぐと宣言していたけれど、舘入商事の経営に関わることをグラシューの社長である広歌に勝手に漏らすわけにはいかない。

伝えていいと判断したなら、利一が彼女に伝えたはずだ。

「彼のお父様には、会った？」

答えていいのだろうか。

自社の社長の質問に、花純は悩みながらも「はい」と返事をする。

すぅーっと広歌の大きな目がすがめられて、赤いリップを塗った唇がいびつな弧を描いた。

「へぇ……あなたは、認められたんだ」

棘のある声に、鼓動が乱れる。

あなたは、とは、どういうことだろう？

「利一君、秋に挙式で、指輪は今月中に選びに行くって言ってたけど、あなたもそのつもりなの？」

周囲からの質問に、利一は一人で練った結婚計画で応じていた。利一があまりにも淡々と話すものだから、営業部長や相澤は半信半疑な様子だったけれど、広歌は信じたらしい。

「予定です。まだ、なにも決めてなくて……」

「決めるわよ、あの人。嫌なら嫌って言わないと、全部勝手に決めちゃうんだから」

その言葉には、生々しい説得力があった。

喉元を締め上げられるような息苦しさに襲われて、花純はじっと、手洗い場の壁と鏡の間の目地を見つめる。

——同じ大学で出逢った二人。三歳年上の広歌は、当時、利一の目にどう映っていたのだろう。

「ねぇ、コラボの件も、彼から聞いてたの？」

「……いいえ。利一さんは、家では、仕事の話はしないので」

「家？　一緒に暮らしてるの？」

「……はい」

今、自分はすごくズルいことをした。

広歌と利一の過去を嗅ぎ取って、彼女を牽制した。話す必要のない同棲の話を彼女にちらつかせて、今彼と一緒にいるのは自分なんだと伝えようとしている。なんて、小賢しいんだろう。

「あの駅前の高級マンション？　あそこで一緒に暮らしてるんだ？」

ズキン、と胸が痛む。

どうして利一のマンションを知っているのかなんて、考えなくてもわかる。行ったことがあるからだ。

広歌の声は明るいけれど、今、彼女がどんな目をしているのか、怖くて顔は上げられない。

「あのマンションなら同棲も快適でしょうね。お風呂が広くていいのよねぇ――私も、ジェットバスのついた家を選べばよかったわ」

なんでもないように言いながら、広歌はリップをポーチにしまった。

「まぁ、なにか困ったことがあったら言って。舘入商事の副社長との婚約なんて、嫉妬してあなたにキツくあたる人もいるかもしれないし。力になるわよ」

「……ありがとうございます」

「じゃあ、お先」

……強烈なパンチを浴びた気分。利一と広歌の過去なんて、知りたくなかった。これは効いた。

イケメン御曹司の昔のカノジョは、人気モデル。

ありそうな話だ。きっと、あの二人ならお似合いだっただろう。

何年くらい一緒にいたんだろう。あのマンションに、何回出入りしたんだろう。

広歌は利一の父親を知っている様子だった。『あなたは、認められたんだ』ということは、広歌は、あの厳格な父親に交際を反対されたのだろうか？

それがきっかけで、二人は別れたのだろうか？

「…………考えちゃ、ダメなやつ……」

これ以上、あの二人の過去は知りたくない。

利一は、広歌の前で花純との婚約を公表した。

彼は、『今自分が想っているのは花純だ』と示してくれたのだ。

だから、あの二人の間には、もう、なにもない。過去は過去。そう割りきるべきだ。

利一は花純と結婚したいと言ってくれていて、両家の両親も承諾している。仕事相手にも隠そうとしていないのだから、なにも心配することなんてない。

何度もそう言い聞かせながら、溢れだしそうになる気持ちに蓋をした。


懇親会から帰宅したあと、重い気持ちでシャワーを浴びた。

交代で利一が風呂場に消えていくと、花純はキッチンに向かい、冷凍庫に常備している好物のカップアイスを片手にシアタールームに入った。棚に並ぶディスクがまたこっそり増えていて、そのなかにはjimikoが見たがっていた恋愛映画がある。

（また、覚えてくれてたんだ……）

嬉しいのに、なんだか今夜は、その優しさにも素直に喜べない。

自分の感情をコントロールできない。こういうときはコメディだ。久しく観ていなかった、お気に入りのコメディ映画を再生した。

ソファの上で膝を抱えて、カップのアイスを食べながら、大画面に映し出される映画をひたすら追う。頭のなかを空っぽにして、セリフと、俳優の演技と、カメラワークと、音響と……目も耳も映画を追っているはずなのに、いつの間にか、頭のなかには広歌が浮かんでいた。

いつもならすんなり頭に入ってくる映画が、今夜はまったく入ってこない。

そのとき、ガチャン、とドアが開き、髪が濡れたままの利一が顔を覗かせた。彼はスクリーンに映し出される映像を確認して、やや緊張感のある表情で花純の隣に座った。

シャンプーと、洗いあがりの寝間着から漂う柔軟剤の匂い。

すり寄っていきたくなる気持ちと、一人にしておいてほしい気持ちの間で揺れる。

「花純さん、怒ってるのか？」

「…………怒ってません」

「『いきなりクレイジーサンタ』を観ているのに、怒ってない？　これは君の、ストレス発散のための映画だろう」

「……別に、利一さんに怒ってるわけじゃないです」

これは、怒りなんて単純な名前で片付けられるほど綺麗な感情ではない。

花純自身にも交際相手がいたように、誰にだって過去がある。それなのに、利一の過去を受け入れたくない。割りきろうとしても心はどんより曇ったままで、そんな子供じみた自分を知られたくない。広歌以外の、むくれている理由を探した。

「……利一さんのこと、なにも知らない。副社長だってことも、出身大学も、うちの社長と知り合いだったことも、知らなかった」

それは、自分が聞かなかったからだ。肩書きも、大学も、交友関係も、そんなものを知らなくても、利一自身を知っていると思い込んでいた。

（だけど……広歌さんが知ってることを、わたしは知らない……）

思考は結局、広歌から逃れられない。それさえも悔しい。

花純は知らず唇を噛みしめた。そんな自分の手から、利一はアイスを回収して静かにテーブルの上に置いた。

「全部答えるから、なんでも訊いてほしい」

真剣な眼差しに、ジワリと肩から力が抜ける。

利一には隠そうとしているやましいことなど、なにもないのだと感じてホッとした。

だけど、広歌との過去を、自分は本当に知りたいんだろうか。知ったあと、割りきれるのだろうか。想像が鮮明になるだけじゃないのか。

（やっぱり、知りたくないよ……）

こんなふうに勝手に悩んで、勝手に傷付いて彼を振り回す面倒な女でいるのは、やめにしたい。

過去は消せない。自分に小金沢という過去があるように、利一には広歌という過去がある。それだけだ。今と、未来に目を向けるべき。

「………利一さん、会社ではなんて呼ばれてるんですか」

「役職で呼ばれることが多い」

「……副社長なのに、本当はピーマン、あんまり好きじゃないでしょ」

「……食べられないほどじゃないが、好きでもない」

「家政婦さん特製の、カリフラワーのポタージュは？」

「………嫌いだ」

嫌いだと認めた彼の、悔しそうな顔。

どうでもいい質問ばかりなのに、利一はそのすべてに答えてくれる。

連休明けで仕事だって忙しいだろうに、焦る様子もなく花純の機嫌取りをしてくれている。

強張っていた体の力が抜けてゆき、ソファの背もたれに寄りかかると、大きな手が伸びてきて髪を撫でられた。頭皮から伝わる彼の手のひらの温度に、心までジワジワと温められていく。

「他には？　なんでも聞いていい」

小さく首を横に振ると、腕を引かれて、彼の胸に抱き寄せられた。彼の広い胸にすっぽりと包まれ、伝わってくる熱と鼓動に泣きたくなるほど安心する。

この胸にいるのは、自分だけ。他の人は、もういない。

「今週末、指輪を見に行こう、花純さん」

心臓が甘く高鳴って、頬に熱が集まった。いつもなら「行かない」と答えるところだけれど、今日ばかりは、彼の勝手な結婚計画が嬉しくて仕方ない。

反射的に頷いてしまいそうだったけれど、ギリギリのところで思いとどまる。

利一はきっと、今週末も日曜しか休めないだろう。

先週末は旅行だったし、今週末に指輪を見に行くとなると、彼は二週連続でゆっくりできなくなってしまう。

「………来週がいい……」

ぽつりと答えたら、利一の腕がきつく体を締め付けた。

耳元を吐息がくすぐり、彼がなにか言ったのだと気が付いたけれど、利一のこぼした一言は、巨大なスピーカーを震わせる『俺の××は××××――!!』という絶叫と、そのあとに続く役者の笑い声に掻き消された。

7

五月中旬の夏日。

空調の効いた有名ジュエリーショップから、花純は利一の腕を引いて飛びだした。

日曜日の昼間、高級店の並ぶ国道沿いの大通りは混雑している。

人の波に乗って歩きはじめた花純の隣で、利一が怪訝な顔をしていた。

「買わないのか」

「買いませんっ！」

懇親会で利一が婚約を公表してから早二週間。

連日社内で『なれそめは？』『指輪は？』『ドレスはグラシューとのコラボのものを着るの？』なんて訊かれ続けた結果、さすがに花純の結婚への意識も高まっていた。

周囲の反応が、思ったより祝福ムードだったせいもあるかもしれない。

利一と一緒に、どのブランドの指輪がいいかと相談した。ベッドに並んで、タブレットPCで婚約指輪を検索し、二人のお気に入りの映画にも登場した有名なブランドがよさそうだと週末に来店の予約をいれた。

一緒に見たウェブカタログではどれも素敵で、ちょっと楽しみだったのに……

（高すぎっ!!）

大きな買い物になることは想像していたけれど、花純の想定していた値段とは桁違いの指輪が飛びだしてきて、怖くなって慌てて逃げたのだ。

「似合ってたのに」

「そういう問題じゃないっ！　頭を冷やしてくださいっ！　高すぎるからっ」

あれは、一般庶民の指に嵌(は)めていい指輪じゃない。

高すぎて、どこにも着けていけない。婚約指輪半返しで破産しそうだ。

「一生に一度のものなんだから、あれくらい普通だろう」

「全然普通じゃないですからっ！　利一さんの生活水準から下りてきてくださいっ。わたしは、もっとお手頃な値段の指輪でいいんですっ。こう、万が一失くしても泣いて済むような！」

「失くす心配があるなら、やっぱり緊張感のあるもののほうがいい」

「そういうことじゃないっ！」

真っ赤になって肩を怒らせている花純と違って、利一はなんだか楽しそうで、それがまた腹立たしい。

「わかった。だったら、君の気に入ったあの指輪にしよう。石だけ変えて」

「ダメですっ。もっとこう、ブランドから見直しましょう！」

利一に騙(だま)されはしない。ダイヤモンドのグレードで値段が変わるのは店員の説明で理解している。

オーダーができず、既製品の値段の天井が二十万円くらいの若年層に向けたブランドを選べば、紐が緩みきった彼の財布から出て行くお金をセーブできるはず——

「あれっ？　瀬村花純？」

すれ違った男の人に呼ばれて、その場で立ち止まって振り返る。

「っ……！」

「おー、やっぱ瀬村花純じゃん。久しぶりだなァ？」

見たくもない顔。記憶から消したいのに、絶対に消えない顔。

大学時代の先輩で、花純が処女を捧げた四日後に自分を捨てた、あの男。

小金沢隆司だ。

勤め人とは思えない明るい茶髪に、派手な赤のカットソーとブランド物のネックレスを合わせて、見るからに軽薄な男に成り下がっている。当時はもう少し、見た目だけは爽やかな印象だったのに——隣に若い女の子を連れているあたり、大学時代からなにも変わっていないらしい。

冷めた目で彼を捉えていた花純は、ようやく小金沢の隣にいる女の子が誰か気が付いた。

「……田中さん？」

「なに、おまえら知り合い？」

小金沢が田中に問いかけ、田中はむくれた顔で頷いている。

腕を組んで密着した二人の距離感は、友人のそれではない。

（……この二人、付き合ってるの？）

「行こっ、たぁくん！」

田中はチラと利一を一瞥して、それからきつく花純を睨んでから小金沢の腕を引いた。

小金沢は小金沢で、ゾワリと背筋の凍るような嫌な笑みを残して去って行った。

雑踏の波に流されるように、花純と利一もゆっくりと歩きはじめる。

「花純さん、あの二人は？　知り合いか？」

「……大学の先輩の小金沢さんと、同僚の、田中さんです」

田中と小金沢は、いつから交際しているのだろう。

もしかして、ここひと月ほどの田中の急激な変化は小金沢の影響ではないのか？

振り返って二人の姿を探したけれど、もう見えなかった。

◆◇◆

翌週、月曜日。

営業部長に呼び出された相澤が、デスクに額を擦りつけそうなほど深く頭を下げている。

だというのに、田中は反省した様子もなく、デスクの上に積まれた伝票を興味なさげに指で摘まんで長いため息をついていた。

今朝、田中のミスがまた発覚した。

先週金曜日の午前に、田中は『至急担当者からの連絡がほしい』と縫製（ほうせい）工場からの電話を受けた。しかし、あろうことかそれを担当者に伝えるのを忘れていたのだ。

週明けの今日、ようやく連携ミスが発覚し、担当者が慌てて確認の連絡をとったが、工場ではこの影響でスケジュールに遅れが生じたという。

今回のスケジュールの乱れをカバーするために、どこかが無理をすることになる。

周りに迷惑をかけたし、自分のミスのせいで「部下の指導がなっとらん！」と、相澤も営業部長から叱（しか）られているのに、田中は素知らぬ顔でダラダラと入力を続けている。

見かねる態度だった。

「ねぇ田中さん、入力進んでる？　さっきから、全然手が動いてないけど、わからないところがあったから止まってるの？」

花純の指摘に、田中は睨（にら）み返してくる。

「……ちゃんと入力してますけど？」

「ちゃんとやってたら、もう終わってると思うんだけど。仕事だよ。ダラダラしないで真剣にやろうか。それに、最近ミスも多いよね。田中さんはちょっと忘れただけのつもりかもしれないけど、主任があんなに謝らないといけないことしちゃったって、大人なんだからわかるよね。気を付けて」

「………チッ」

小さな舌打ちに、さすがにもう言葉が出てこない。小金沢の影が彼女の背後に見えるようだ。あの男が、田中の心を蝕(むしば)んでいると思えて仕方ない。

けれども、あんな男はやめておけなんて言うのは逆効果になるだけだ。

早く、田中自身がこれではいけないと気付いてくれることを願いつつ、花純は自身の仕事に戻った。

昼休み中、いつもの洋食屋で駒田と苦労を分かち合ったあと、花純は母明美からの大量の不在着信に折り返しの連絡をしてから会社のトイレに向かった。

先に会社に戻った駒田が、ハンカチ片手にちょうど女子トイレから出てきたところだった。

「おっ、せむちゃん。お母さんからの連絡、なんだったの？」

自分のことでもないのに、ついつい頬が緩んでしまう。

「姉が、妊娠したんだって！」

「えっ、おめでとう！」

真己は結婚三年目で、待望の妊娠だった。

長女の妊娠に浮かれて、明美は大騒ぎで仕事中の花純の着信履歴を埋めたのだ。

何事かと思ったけれど、いい知らせに、こっちまで嬉しくなってくる。

「ありがとう。つわりがひどいらしくって、落ち着くまで姉が実家に戻るかもしれないんだって。しばらくバタバタしそうだけど、甥か姪ができるなんて楽しみ！」

「お姉さんの様子見て、今のうちに育児の予習しとけば？　次はせむちゃんの予定でしょ？」

「ないからっ」

「結婚するんだから、そのうちあるでしょー。この幸せ者めっ！」

拳でグリグリと肩を突いてきた駒田が「じゃ、先戻っとくね」と、いたずらっ子の顔のまま営業部へ戻っていく。

駒田のせいで顔が熱い。つい一ヶ月半前までは結婚だって遠い話だったのだから、子供なんてまだ考えられない。それよりも、今は真己の体調のほうが心配だ。趣味はサイクリングという活発な真己が動けないほど辛いなんて。

花純にできることは少ないだろうけれど、明美のかわりに買い物に行くくらいはしてあげたい。

少し早めにランチから戻ったからか、女子トイレには誰もいなかった。

一番奥の個室に入ってすぐに、靴音に次いで話し声が聴こえてくる。

コラボ担当として忙しく動いている営業事務チームのベテラン、飯塚と柴田の声だった。

「レセプションパーティーの手配、向こうに任せて大丈夫なのかしら？　この間も、社長と向こうの副社長でもめてたじゃない」

「うちの社長もこだわりのある人だけど、あっちの副社長も気難しそうよねぇ」

「そうよねー。ちょっと冷たい感じするわよねー。まぁ、社長の知り合いだし、瀬村ちゃんが結婚するって決めたくらいだから、悪い人じゃないんでしょうけど」

利一の話になっていて、出て行きにくい。

どうやら、利一はこの二人には気難しいように映っているらしい。

「お疲れさまでーす。あ〜っ！　柴田さんと飯塚さん！　お久しぶりです〜！」

花純が息をひそめる奥の個室まで、田中の高い声が響いた。つい数時間前に舌打ちをしていた田中の明るい声に、思わず苦笑が漏れる。変わり身の早いことだ。

「お二人とも、いつこっちに戻ってきてくれるんですかー？　もう毎日すっごく忙しくってー」

「そっちも忙しいの？　入社したばかりで大変ねぇ」

柴田と飯塚はこのところコラボにかかりっきりで、田中のミスも、ひどい業務態度も知らない。純粋に、新人を労っている。

「もう、毎日バッタバタですよー。それにー、瀬村さんがずーっとピリピリしてて」

（え――――？）

「瀬村ちゃんが？　めずらしいね」

「いっつも怒ってるんですよー。毎日毎日、わたしにばっかり怒って、嫌われてるのかも。今日なんて普通に入力してただけなのに、やる気がないなら辞めろって言うんですー」

そんなことは言っていない。注意したのは、田中があまりにもやる気のない態度だったからだ。

それに、彼女は花純の注意など、ものともしなかったではないか――

「柴田さんと飯塚さんに早く戻ってきてほしいなー。あーあ、もう瀬村さんと仕事するのヤだぁ」

「ふぅん……相澤さんに相談したら？」

「そうよそうよー。相澤さんなら聞いてくれるんじゃない？　主任だし。私たちみたいな平社員じゃ、大企業の御曹司の婚約者に文句は言えないわよね〜」

トイレに反響するベテラン二人の声からは、真意は読み取れない。

新人に合わせているのかもしれないし、本心かもしれない。

それでも気持ちを引きずられて、ズシンと体が重くなる。田中は、いったいなにがしたいんだろう。

態度を注意した腹いせに、悪口を言っている？

「でもー、瀬村さんって相澤主任とも仲良いじゃないですかー。意外と男の人を味方につけるのうまいですよねー、あの人」

含みのある口ぶりに、カァッと怒りの炎が胃のあたりで燃え上がった。相澤は営業事務チームの人間に分け隔てなく接しているし、花純も男性社員に取り入ったことなどない。

田中が花純を嫌っているのはよくわかった。

けれどそれは仕事に対して不誠実であっていい言い訳にはならない。

それに、これでは田中のミスを謝罪していた相澤が報われない。

なにが気に入らないかは知らないけれど、花純に言いたいことがあるなら面と向かって言えばいい。こっちが隠れて聞かなかったことにする必要なんてない。

個室のドアの鍵に手を掛けた。

それと同時に、慌ただしい足音が女子トイレに飛び込んできた。

「あぁっ！　柴田さん、飯塚さん！　大変ですっ、営業部全員集合って!!」

女性社員の緊張した声に、ベテラン二人と、それに遅れて田中の足音がトイレから遠ざかっていく。花純が個室から出たあとの手洗い場は、がらんとしていた。

チリチリと焼け付くように、パスタで満たされた胃が痛んだ。

鏡に映る顔は、怒りで強張ってしまっている。けれど、いつまでもここにはいられない。

手を洗って営業部に戻ってみると、営業部長も相澤も髪を掻き乱していた。

営業部全員集合――なにか、大変な事態が起きたのだ。

「どうしたの？」

席に戻って、駒田に声をかける。駒田が自身のデスクのパソコンを指差した。

「グラシューから情報が漏れたみたい」

駒田のパソコンには、ＳＮＳのウェブページが表示されている。

『元モデルの広歌、一日限りのカムバック！』と題された投稿で、そこにはグラシューと舘入商事のコラボの件も、レセプションパーティーで広歌がモデルを務めることも詳細に記されていた。

「舘入商事では、パーティーでうちの社長がモデルを務めることは公表してないんだって。だから、内容から見てうちから漏れたって――」

営業部の混乱したオフィスに、髪をまとめた広歌が入ってくる。

険しい顔をした彼女は営業部長の隣に立ち、今後の対応について話し合っているようだった。

その横顔には、さすがに動揺の色が滲んでいる。

「信じられない。社長の気持ちを裏切って、情報を漏らすなんて……」

花純も駒田と同じ気持ちだった。

社員を信じていた広歌の気持ちを裏切った人間がこのオフィスにいると思うと、暗い嫌悪感が胸の奥で渦を巻く。

駒田がマウスを操作して、さらにそのアカウントの過去の投稿内容を読み込む。ゴシップネタを専門に流しているアカウントで、盗撮のようなブレた写真も何枚か投稿されていた。

そのなかに、『広歌』の文字を見つけて駒田の手が止まる。

『元モデルの広歌は、今回コラボする企業の御曹司と過去に交際していて――』

その一文からはじまる投稿を花純が読み終えないうちに、駒田がページを閉じてしまった。

駒田の咄嗟の気遣いが、傷だらけの心にしみる。

広歌と利一の過去。

ここ二週間ほどは考えずに済んでいた彼らの過去が、全速力で花純を追い詰めにきたみたいだ。

背後の営業部社員たちの島から視線を感じた。

振り返ると、きっと花純と広歌を比べる目とぶつかって、また勝手に傷付いてしまう。過去は過去。誰がなんと言おうと、利一と広歌はもう終わったのだから、気にする必要なんてない。

（利一さんを、信じてればいい……）

奥歯を噛みしめた花純は、何事もなかったかのように自分のパソコンに向き直った。

突き刺さる視線のなかに一つ異質なものを察知して、ふと顔をあげると、笑いをかみ殺したような田中と目が合った。

彼女を嫌いになった瞬間だった。

『今夜はいつもより帰りが遅くなる。先に休んでいてください』

利一からのメールが届いたのは、夜八時を過ぎてからだった。

きっと、コラボの情報が流出した件で対応に追われているのだろう。

当たり障りなく『了解です。お仕事がんばって』とだけ返した。

一人で食事をするのも寂しくて、結局九時まで彼を待ってみたけれど、さすがにお腹が空いて先に夕飯を食べた。そこから一本映画を観ても、利一はまだ帰らない。

花純はこの家に越して来てはじめて、自分の部屋の、自分のベッドで横になった。

シングルサイズのベッドは、利一のベッドよりずっと狭くて、実家の匂いがして落ち着かない。ベッドサイドに置いた目覚まし時計の秒針の音がやけに気になり、なかなか眠れないまま日付が変わった。

ようやく意識がぼんやりしてきたところへ、玄関ドアの開く音が静かな廊下に響いた。

スマホを確認すると、深夜一時。

──本当に、仕事をしていただけ？　こんなに遅くまで？

──きっと大変な一日だったはず。出迎えて、お疲れさまの一言をかけてあげたい。

気持ちが揺れた。

顔を見て話したいけれど、彼を見たら、広歌のことを問いただして疲れた利一をわずらわせてしまうかも──迷っているうちに、利一の足音が花純の部屋の前で止まり、静かにドアが開いた。

ドアに背を向けて横になったまま、動けなかった。

動かない花純を眠っていると思ったのか、利一は部屋に入って来ない。しばらく立ち尽くしていた彼だが、やがてそっとドアを閉めた。

(行っちゃった……)

心が、ミシミシと嫌な音をたてて歪(ゆが)んでいく。

広歌との共同事業を成功させるために、彼は、深夜まで働いていた。その行動に、本当に特別な感情はないのだろうか——

いったい自分がなにを信じていいのか、わからなくなってしまいそうだった。深夜二時をまわって、利一が自分の部屋に入っていくまで、花純は眠ることができなかった。

この四日で、広歌の一日カムバックの投稿はかなり拡散されていた。

しかし、それを機に大々的にコラボの告知に打って出たことが功を奏して、世間の注目は例のSNSの投稿よりも、グラシューからの公式発表に集まっている。

グラシューの誰が情報を洩らしたのかはまだわかっていないけれど、水面下で調査は続いているらしい。

予定より前倒しでコラボの告知を行ったために現場が混乱しているせいか、利一と広歌の過去についても、今のところ花純に好奇心をぶつけてくる人間はいない。

それでも、この四日間は、はじめて仕事に行きたくないと思っている。

針のようにチクリと刺さる視線から『婚約者の元彼女の会社で働いている気分は？』『婚約者が元彼女と共同事業をしているなんて、あやしいと思わない？』と、彼らの心の声が聴こえてくる気がして、梅雨に向かって曇っていく空と同じように、花純の心も晴れなかった。

けれど、そんな個人的な理由で仕事を休むわけにはいかない。

忙しさにのめり込むように、花純は毎日黙々と業務をこなした。

金曜の営業事務チームの仕事は多い。

それにくわえて、田中が担当していた伝票入力の計算が連日合わず、すべての内容をチェックする羽目になった。

確認する役目を買って出たのは花純だ。

一人であの広いマンションにいるより、仕事をしていたかった。

午後六時を回った営業部のオフィスには数人が残るのみで、独特な空気が流れている。

気分転換に甘いミルクティーでも飲もうと、花純は上階の休憩所に向かった。

コラボに携わっている営業担当の男性社員の野間とすれ違い、「お疲れさまです」と挨拶をしたけれど、彼はぺこりと会釈をしただけ。いつもと違うよそよそしい態度に首を傾げながら休憩所に入ると、入り口に背を向けて座っていた田中が振り返った。

定時で上がった田中は私服に着替えていて、これからデートの予定でもあるのか、仮面でもつけたようなメイクに仕上がっている。

「あっ、瀬村さん。まだ仕事なんですか？　お疲れさまでーす」

「……お疲れさま」

仕事を終えた田中の機嫌はいい。

彼女は、自分がしでかしたミスをまだ知らない。

週明けに田中のここ一ヶ月の仕事ぶりを上に報告して指示を仰ぐから、それまで本人には伝えるなと相澤からの通達があったのだ。

いろいろと言いたい気持ちをぐっと堪えて、花純は自販機に向かった。

「瀬村さんってー、舘入サンと社長が付き合ってたの、知ってたんですか？」

ゾワリと全身の毛が逆立った。

でも、この動揺は悟られたくない。返事をせずに、自動販売機に小銭を投入する。

「すごいですよねー、瀬村さんって。わたしだったら、彼氏の元カノが超人気モデルで今は女社長なんて知ったら、比べられるのが恥ずかしくて別れちゃいますー」

「…………」

「そうそう！　たぁくん、今は自営業やってて、その関係でいろんな情報が入ってくるんですけどー。広歌さんと舘入サンって、舘入サンのお父さんに結婚を反対されて別れたらしいですねー。知ってました？」

――あなたは、認められたんだ。

広歌の言葉が蘇り、自動販売機のボタンを押そうとしていた手が止まる。

「カワイソウですよねー、広歌さんと舘入サン。想い合ってたのに、親の反対で別れちゃうなんて。なんでもー『モデルなんてチャラついた仕事をしてる女はダメだ』って反対されたらしくって。それで広歌さん、モデルを引退して、グラシュー立ち上げたんですって」

人気モデルと息子の交際を反対する舘入社長。

頭のなかで勝手に想像が鮮明になってゆき、息が苦しくなる。ジーッと嫌な耳鳴りがして、手のひらに汗が滲んだ。

「それでー、さっき営業サンから聞いちゃったんですけど。広歌さん、まだ舘入サンのこと諦めてないらしくって。モデルも引退したし、会社も軌道に乗ったし？　もう舘入サンのお父さんだって、広歌さんに文句言えないじゃないですかー。だから広歌さん、お披露目パーティーで舘入サンに気持ちを伝えるらしいですよ？　今回のコラボって、そのための計画だったんですって！　広歌さんも、思い切ったことしますよねー！」

華やかな表舞台から去り、作り手として裏方に徹してきた広歌の原動力は、結婚を反対された悔しさ。

――待っていても、妖精は現れない。

広歌には、利一との恋を後押ししてくれる妖精は現れなかった。だから彼女は、彼と結ばれるために自分で『glass shoe』を用意した。

広歌の、捨て身のサプライズ。きっと利一は、まだ知らないのだろう――

あはは、と田中が甲高い声で笑う。不協和音のように耳障りだった。

「瀬村さんじゃ敵いっこないー！」

花純は感情をぶつけるように、乱暴に自動販売機のボタンを押した。

ガタン、と勢いよく吐き出されたペットボトルがたてた音に、耳障りな田中の笑い声が止む。

「……田中さんって、口軽いよね」

ペットボトルを取り出しながら、冷たい声が勝手に言葉を紡いでいく。怒りや悲しみに支配された心は、自分を守ろうと田中へ牙を剥いていた。

「……社長の件、野間さんから聞いたんでしょ？　さっきそこですれ違ったよ。田中さんは、聞いたから喋っちゃっただけのつもりかもしれないけど、野間さんは、田中さんを信じて、社長の計画を話したんだよね。田中さんはともかく、下手したら野間さん、情報漏洩でクビになるけど、ちゃんとそこまで考えてる？」

田中は返事をしなかったが、背後から動揺は伝わってくる。

「……もう帰ったら？　なんのために残ってるの？　ここは遊び場じゃないよ。田中さんと違って皆、真剣に仕事してるんだから、邪魔だよ」

花純は田中を視界に入れないようにしながら、出口へ向かった。

田中が椅子を撥ね飛ばして立ち上がり、感情的に叫ぶ。

「なによっ！　美人でもないくせに、なんでアンタみたいな女が玉の輿気取ってんのよ！　たぁくんだって、お金持ちなんだからっ!!」

この子は、なにを言ってるんだろう？

お金持ち？　玉の輿？　だからなんだというのだろう。

お見合い相手を冷酷に切り捨てた利一の心理が、ようやくわかった気がする。話が通じない。わかり合える気もしない。

たとえ相手の年収が自分と変わらなくても、住まいが狭いワンルームでも、見た目がもっと平凡でも、相手が利一なら、きっと今と同じだけ彼を好きになった。

支え合って生きていけたらそれでいいと思う花純と、田中は根本から違う。彼女にとっての交際相手や結婚は、服やジュエリーと同じで、自分を飾るアイテムでしかない――

「そーだぁ！　わたし、これもたぁくんから聞いたんですよねぇ。瀬村さんって、舘入サンとも、セックスレスだったりするんですかァ？」

振り返ると、田中は勝ち誇ったように歪な笑みを浮かべていた。

彼女のその顔をじっと見つめたまま、花純は休憩所の電気を切る。

「電気代がもったいないから消すね」

暗くなった休憩所でなおも田中が叫んでいたけれど、これ以上は付き合いきれない。

無視して階下へ下りて、そのまま給湯室へ逃げ込んだ。

田中の靴音が非常階段を下りてゆき、彼女の気配が完全に消えると、膝から力が抜けた。

眼球が溶けていくように、目から液体が流れ出して止まらない。

会社で泣いたことなんてなかったのに、感情が制御できない。

ずっと蓋をしていた不安が、田中の話で溢れてしまった。

心のなかはぐちゃぐちゃで、いったい自分がどうしたいのか、どうしたらこの不安が消えるのか、なにひとつ答えなんて浮かんでこない。

仕事がまだ残っているのに。その仕事は、あの田中の尻拭いで。

自分が働くこの会社は、利一を今も好きな広歌のグラシュー。

どこにも逃げ場のない息苦しさに窒息しそうで、その場にへたり込んでしまった。

「えっ」

驚いた声に顔をあげると、タンブラーを片手に持った相澤が目を見開いていた。

「おいおい、どうしたんだよ」

相澤がその場にしゃがみ込む。慌てて目元を拭ったけれど、しばらく涙は止まってくれなかった。

休憩所での一件を話し終えたときには、少しはスッキリしていた。

会議室のキャスターのついた椅子に座って、相澤は頬杖をついて缶コーヒーを飲んでいる。

その缶コーヒーは、さっきまで花純の目を冷やしていたものだ。中身はすっかりぬるくなっているだろうけれど、相澤は気にしたふうもない。

「田中が野間から聞いた計画を、瀬村にベラベラとな……あいつ、問題児にもほどがあるだろ……」

利一と広歌の過去に関する個人的な感情を抜きにしても、ただでさえSNSの情報流出があったばかりなのだから、田中や野間の浅はかな行動は上に報告しておかなければならない。

……とはいえ、泣いていた現場を押さえられて、婚約者の過去に絡んだ話をするのは、ほとんど愚痴（ぐち）に近かったように思う。

コラボに関わっている相澤は、広歌の告白計画を知っていたようで花純の目を見ない。そこには彼の気遣いや同情が見え隠れしていて、自分の寿命がどんどん縮まっていく気がした。

「田中には、週明けに営業部長のカミナリが落ちるだろうよ。縫製（ほうせい）工場の連絡漏れであいつの評価はどん底まで下がってるから、会社を去るのも時間の問題だな。営業部長みたいなオッサンに怒鳴られたら、自分から逃げだすんじゃないか？」

「……野間さんは、クビにはならないですよね？　大丈夫ですよね？」

「んー、どうだろうな？　社長は結構、極秘計画に賭けてるとこあるから――……すまん」

「いえ、平気です」

強がってみたものの、心臓に刺さったガラスを押し込まれたみたいだった。

広歌にとって、その計画は自社の社員よりも大切なものなのか。

トドメの一撃。真っ向から受けてしまった。

表情を失っていく花純に、相澤は自身の失言を悔いるように頭を掻いた。

「瀬村、今日はもう帰れ。田中の尻拭いは俺がやっとくから」

「いえ、もう大丈夫なので、やらせてください」

広歌の告白計画を知ってしまった今、余計に帰りたくない。職場だけが、今の居場所だ。

「なぁ、瀬村。お節介かもしれないけどさ、おまえ、ちゃんと舘入さんと話してるか？　あのSNSの投稿があってから、向こうは弁明しただろ？」

「……あれから、あんまり、話してなくて」

「なんで？　向こうが話すの避けてるのか？」

「……わたしが、避けちゃって」

この四日間、花純は利一を避けていた。

利一は今週、十一時半より早く帰ったことがない。

仕事だとわかっているし、彼を信じているはずなのに、彼がグラシューとのコラボに真剣に取り組むほど、利一が自分から離れていってしまうように思えた。

けれど毎朝、自分の部屋から出てリビングに行くと、彼はいつもと同じ優しさを注いで、花純の元気がないことを察して心配してくれる。

それに『なんでもない』と答える自分は、とんでもない嘘つきだ。

彼をわずらわせて、それが自分への気持ちが揺らぐきっかけになったらと考えると怖くて、花純は一ミリも動けなくなってしまっていた。首を絞められているように、苦しい毎日だった。

「……そういうの、訊いていいのか、わからなくて」

相澤は長い息をついて、缶コーヒーを机の上に置いた。

「まぁ、最近の瀬村の立ち位置は、結構キツイよな……。でもな、舘入さん、めちゃくちゃ厳しいし、気難しい人なんだぞ。うちの社長にもガンガン『それには賛成できない』とか言ってな、しょっちゅうモメてるし。俺なんかいまだにあの人から『なるほど』以外の返事もらったことないしな。あの人が社長を見る目と、瀬村を見る目は、全然違う。仕事は仕事って割りきってるよ、あの人は」

　花純を励ます相澤は、ときおり眉間にシワを寄せて利一のマネをしているらしい。

　全然似ていないけれど、心の傷口に、大きな絆創膏を貼ってもらったみたいにホッとした。

　相澤はいい上司だ。仕事でも、私生活でも、部下が困っていたら手を差し伸べてくれる。だから、営業事務チームの結束は強い。

「喧嘩しろ、喧嘩。言いたいこと言えない結婚生活は破綻するぞ。一回失敗してる俺が言うんだから、間違いない。喧嘩で、こりゃヤバいなーってとこまでお互いヒートアップしたら、ちゅーしろ。次の朝には、全部丸く収まってるよ」

　バツイチ男の助言は、雑誌の恋愛特集なんかよりずっと力強く花純の背中を押してくれる。自分からキスなんてできる気がしないけれど、このまま関係が破綻するのは辛すぎる。

「喧嘩なんて……できるかなぁ」

「本人の前で泣いてやれ。舘入さん、絶対怒ったりしないから」

　自信満々でそう言った相澤は、腕時計を確認してから背もたれに身を預けて伸びをした。

「あー、もう帰ろう。田中の尻拭いなんて、週明けでいいだろ。そもそも俺ら、なんで田中の尻を拭いてまわってるんだ。やってられるか」

「……すみません、わたしが時間取っちゃって」

「気にすんな。瀬村はちょっと、なんでも自己完結しすぎだ。またなんか困ったことがあったら言え。たまには甘えたほうが女の子は可愛いんだぞー？」

いつもなら『それってセクハラです』と突っ込むところだけれど、今日はまだそこまでの元気はない。小さく笑った花純に、相澤もホッとしたように頷いた。

相澤と一緒に会社を出たのは、午後七時半過ぎ。

暗くなった大通りは、まだまだ帰宅ラッシュで人が多い。

「わー、まだ電車混んでそうだなー。この時期の満員電車、結構キツイんだよなー、オッサンとひっつきたくねーわ」

「オジサン同士でひっつく気持ちってどうなんですか？」

「おいこらー。さりげなくオッサン扱いするのはやめろー」

相澤と笑いながら並んで最寄り駅に向かおうと人の波に乗ったところへ、見慣れた車が止まっているのが見えた。

利一の車だ。

花純が足を止めて見ていたところ、運転席に乗っていた利一とミラー越しに目が合った。

どうして彼がここにいるんだろう。

隣の相澤が「どうした？」と首を傾げると、利一が運転席から下りて、花純のほうへ向かってきた。硬い表情なのは、相澤がいるからだろうか。

「あぁ、舘入さん！　こんばんは」

「どうも」

利一は、相澤の営業スマイルを軽い会釈で受け流し、花純の腕を掴んだ。

「花純さん、帰ろう」

「えっ、利一さん!?　すみません、主任、お疲れさまですっ！」

強引に腕を引いて利一が歩き出してしまい、それについていくしかない。

振り返って相澤に頭を下げると、彼は笑いながら手を振っていた。誘拐でもされるみたいに助手席に押し込まれて、運転席に利一が乗り込んだ途端に車が発進する。

「まだベルト締めてないのにっ」

慌ててシートベルトを締めて、利一に抗議の声をあげる。けれど、彼は硬い表情のまま花純をチラとも見ずにハンドルを握っている。仕事が残っていて、急いでいるのだろかった。

「今日は早く仕事を終えたから、会社に迎えに行くと連絡した。見てないのか」

田中を警戒して相澤が待ってくれていたから、退勤後にスマホの確認をしていなかった。

見てみると、確かに利一からのメールが二件届いている。

もう帰ったかと尋ねる内容と、その一時間後に、迎えに行くというメール。

今週は仕事で遅い日が続いたから、今日は早く帰って一緒にご飯を食べようと書かれていた。

「……ごめんなさい、いろいろあって、今日はスマホ見てなくて」

「……謝らなくていい」

それきり会話は途絶えたまま、車はマンションの駐車場に止まった。

エレベーターでも会話はなく、玄関で靴を脱いでいるときも、どちらも口を開かなかった。

重い沈黙は、彼の不機嫌な心情を表しているように感じられた。

利一は、連絡がつかなかったから怒っているのだろうか。

だけど今日は、本当に連絡を確認する余裕なんてなかった。田中に言われたことで頭はいっぱいで、相澤に吐き出してやっとなんとか持ち直せたものの、今も頭の片隅には広歌がいる。

いつもなら、仕事が終わったら真っ先にスマホを確認しているし、利一からの連絡にはすぐに返事を出している。

いつも、連絡を待っているのは花純のほうなのに。

帰宅してからも、彼からの連絡を待って『遅くなる』と言われると寂しくなるのに。

そういうことに気付きもしないで、少し連絡がつかなかったくらいで怒るなんて。

（自分は元カノと仕事してるくせに……）

パンプスを脱いで自分の部屋に入ろうとした花純を、利一が呼び止めた。

「花純さん、君はいつも相澤さんと帰ってるのか」

「今日はたまたまですけど……？」

「そうか……ならいい」

ならいい？　もしかして利一は、花純が相澤と帰っていたことを非難している？

自分は、広歌と仕事をしておきながら？

「……利一さんだって、広歌さんと仕事してるじゃないですか」

「……？　俺と彼女は、取引相手でしかない」

「は——!?　よくそんなこと言えましたね！　信じられないっ」

マグマのように、胃のあたりで怒りがグツグツと煮えたぎっていた。

怒りに任せて彼を睨んでも、利一は困惑した表情で、それがまた花純の怒りを煽る。

「なにを怒ってるんだ？」

「怒らないわけないでしょ!?」

ドアを開けて自室に飛び込む。このまま話していたら、言わなくていいことをきっと言ってしまう。取り返しがつかなくなる。

逃げ込んだ部屋で乱暴にバッグを床に下ろすと、利一が追いかけて部屋に入ってきた。

「花純さん、なにか周りから言われたのか？」

「入ってこないで！」

「花純さん、話してくれないとわからない」

カァッと全身が燃えるように熱くなった。怒っている理由をわからないはずがない。知らないと思っている？　過去のことだからと割りきっている？

どちらにせよ、広歌との過去を隠すなんてあんまりだ。昔の交際相手と仕事をしておいて、花純を婚約者と言いながら、なんの説明もないなんて——

張り詰めていた糸が切れ、胸の奥で感情が爆発した。体の内側で汚い感情がドロドロと流れ出して、止まっていた涙がまた溢れてくる。

一言、言ってくれればよかったのに。コラボ相手と過去にあったことを、利一の口から聞けていたら、ここまでひどく傷付かなかったのに。

花純さん、と呼びながら利一が手を伸ばしたけれど、逃げるように後退った。

「なんで言ってくれないんですかっ。わたしだけ、なにも知らないっ……なんでコラボを広歌さんに持ち掛けたのっ!? どうして先に言ってくれなかったの！」

「グラシューとのコラボのことで怒ってるのか？」

「ちがう!! 広歌さんの話をしてるのっ!!」

「松崎社長？」

「付き合ってたんでしょ!?」

「――俺と彼女が付き合ってたと思ってたのか」

目を見開いた利一の白々しい反応に、心に貼られた絆創膏が強引に剥がされた気がした。

彼は、嘘をつけない誠実な人だと思っていた。だから、不安になっても信じていたのに。これでは利一を信じられない。

「この家にも呼んだんでしょ？ 利一さんのご両親にも、ご挨拶するくらいの仲だったんでしょ!?」

「違う、花純さん、そうじゃない」

「聞いたことに答えてよ！」

これまでにないくらい動揺した利一が、俯いて、長い息をついた。彼の鞄が床に落ちる。

「……聞いてくれ、花純さん」

ああ、どうしよう。彼を困らせている。

頭の冷静な部分では、利一が自分だけを想ってくれているとわかっている。

ご両親にも紹介してくれた。婚約指輪を見に行った。少しずつ花純を追い詰めるように結婚式場のパンフレットが増えていっているし、なにより、婚約を広歌の前で公表した。

(だけど……)

利一は、広歌の計画を知らない。

捨て身の告白をされたら、彼はどう思うだろう。グラシューを立ち上げて、強い女性になった広歌からのひたむきな想いを、彼はどう受け止めるのだろう。

彼の辛そうな両眼が、みっともなく取り乱して、涙を流す花純を捉える。大きな手が頬を包んで、親指が濡れた頬を拭った。

「花純さん、君は勘違いしてる。確かに彼女はこの家にも来たことがあるし、父にも会ったが、広歌さんと付き合ってたのは――」

――広歌さん。

（やめて――）

それは、自分を呼ぶ声だ。その声で、広歌を呼んでほしくない。

心を守っていた膜が切り裂かれて、なかから流れ出してきた汚い感情に呑まれるように、花純は手を伸ばした。

「っ――」

目を見開いた利一の唇と、花純の唇が重なった。

もうなにも聞きたくない。彼女が家に来た。父親にも会った。それ以上のことは知りたくない。

あと一度でも利一が「広歌さん」と呼んだら、きっと心が壊れてしまう。

「利一さん、抱いてください」

もう一度唇を押し当てる。バツイチ男の助言くらいしか、縋（すが）る先が見つからなかった。このぐしゃぐしゃの頭のなかを、利一の熱で全部溶かしてほしい。

「花純さん、聞いてくれ」

「イヤ、聞かない。もういいから、言わないで。言ったらわたし、出て行きます。結婚もしない」

「花純さん……」

「わたしだけだって言ってください……今はそれしか聞きたくない……」

利一の唇を何度も押し潰す。彼の手が髪を梳いて、口付けが返ってきた。

「君だけだ。花純さんだけだ」

腰を引き寄せられて、爪先立つように踵が浮いた。彼のジャケットの背に手を滑らせてしがみつく。互いの気持ちをぶつけあうようなキスで唇が濡れた。

「誰になにを言われても信じるな。君が信じていいのは俺だけだ」

「ん、うっ……」

口内に舌が侵入してきて、頷くこともままならないほど頭のなかがとろけていく。

絡みつく舌に懸命に応えながら、もつれあうようにシングルベッドになだれ込んだ。

ジャケットを脱いだ利一の匂いをもっと感じ取りたくて、彼を求めるようにワイシャツに手を這わせる。手のひらから、自分と同じだけ速い鼓動が伝わってきた。

気持ちを深くまで刻みこむような口付けに、閉じた瞼を涙が伝った。

「俺が好きなのは君だ。知ってるだろう」

濡れた睫毛を彼の指先が拭い、頬に、額に、いつもそうするように優しいキスが降ってくる。

もっと、自分だけだとわからせてほしい。そうしたらきっと、この不安は消えてくれる。

「利一さんっ……」

「君だけに決まってる」

ベッドの下で、投げ出された花純の服と利一のシャツが重なりあった。大きな手が下着の上や肌を辿り、しがみつくように彼の背に手を伸ばした。利一の熱が、鼓動が、匂いが、ボロボロになった心の隙間を埋めていく。それなのに――

「花純さん……」

うわごとのような声に、体の内側に爪をたてられたように胸が痛んだ。

『広歌さん』――頭のなかで、自分を呼ぶ声が彼女を呼ぶ声に変わっていく。身を起こして彼の唇を奪い、声を封じた。利一の呼吸がわずかに乱れる。

「花純さん」

「さんって、イヤ……！　花純って、呼んでくださいっ……」

同じように呼ばれたくない。剥き出しの独占欲は自分自身の心まで傷付けて、どうやったって頭のなかから追い出せない影に怯え、また涙が溢れてくる。

利一の表情が、苦しげに歪んでいく。こぼれた涙を、彼の指先が優しく拭った。

体をまさぐっていた彼の手が止まり、花純をなだめるように髪を撫でる。そこには、さっきまでの激情も、雄の本能も感じられない。

彼の目に映り込んだ、泣き濡れた自分と目が合った。

（また、だ……）

ベッドで泣いてはいけなかったのに。

泣きじゃくる面倒な女なんて、男の人は欲しがらない。わかっていたはずなのに——

「ごめんなさい……もう、泣かないからっ……だから、やめないで……！」

乱暴に目を拭おうとした手を掴まれて、息が止まるほどきつく抱き締められる。

「今、君に必要なのは、こんなことじゃない」

花純を強く抱いたまま、利一の唇がこめかみに寄せられた。

「君が好きだ。本当に好きなんだ」

彼の指先が優しく肌を撫で、何度も何度も、こめかみや額にキスが繰り返される。

触れ合った素肌の熱に、冷え切った体が温められていく。

「君を大切にしたい」

全身の血流まで止められそうな抱擁と、彼の匂い。逆立っていた感情が徐々に鎮まり、強張った体から力が抜けた。

耳元に寄せられた彼の唇から、細く吐息が吐き出された。

「君が望むなら、いくらでもしてあげたい。俺がどんなに君を求めてるか、わかってるだろう？」

抱え込んだ体の中心に、スラックスのなかで主張する存在を確かに感じる。それは、花純を求めてそそり立ったまま。本能的に、子宮がキュン……と疼いた。

ほんの少し、抱き締める腕の力が緩み、利一の手がまた髪を撫ではじめる。

「でも、今君が欲しがってるのは、これじゃないだろう」

ああ、そうか。

本当に自分が欲しかったもの。

頭のなかが真っ白になるほどの快感でも、息もできなくなる絶頂でもない。

彼に求められているという実感と、そのあとの、彼の腕のなかで過ごす幸せな時間。

それを全部、彼はわかってくれている。

「君だけだ、花純さん」

欲しい言葉も、彼の腕のなかにいる権利も、利一は与えてくれている。

どんなに想ってくれているかわかっていたはずなのに、これ以上なにを望んでいたんだろう。

「りいちさん……」

さっきまでの涙とは別の涙がボロボロ溢れた。

ぎゅっとしがみつくと、きつく抱き返してくれる。自分をすっぽり包む温もりのなかで、優しさに溶かされてしまいそうだ。頭を撫でる手を感じているうちに、怒りや悲しみで疲れはてた心まで脱力していく。

長湯のあとのような倦怠感で、しがみつく腕が緩むと、なぜか利一の腕が体を締め上げた。

「なにも心配しなくていい。俺は君から離れたりしないし、君も離さない」

ドキリと胸が高鳴って、涙で濡れた頬がじわりと熱を帯びる。いつもなら恥ずかしくて反発してしまう言葉にも、今日は素直に頷ける。

「……花純さん」

拘束が解かれ、力任せに花純の背がベッドに押し付けられる。

花純が声をあげる間もなく、利一はブラからこぼれかけた胸に一つ吸い痕を残した。ピリッとした痛みに小さな悲鳴をあげたけれど、所有欲や執着を表すような小さな赤い痕に、心がまた満たされた。

「人をあれだけ煽ったんだ。明日は覚悟しておいてくれ」

安堵と笑みの滲む声が耳を撫で、唇が重なる。

ことがはじまる前の激しい口付けとは違う。終わったあとの満たされた気持ちを共有するようなキスをしながら、花純は小さく「はい」と応えた。

◆◇◆

――ピピピピッという電子音に、花純を抱きかかえる熱がゴソゴソと動いた。

土曜日の朝五時に鳴ったアラームを止めた利一は、また横になって花純を背後から抱き締める。いつもより密着しているのは、昨夜あのままシングルサイズの花純のベッドで眠ったからだ。

起き出す気配のない利一を起こすべく振り返ろうとすると、どういうわけか、彼は腕に力を込めて花純の動きを制限した。

「シングルサイズのベッドもいいな。いつもより君がひっついてくれる」

「っ……！　ひっついてるのは、利一さんのほうですっ……」

彼の笑った吐息が耳をくすぐる。

……朝になって、恥ずかしくなる。昨日、取り乱して、普段なら決して言わないことをいろいろ口走ってしまった。

（抱いてとか言って……恥ずかしい……）

だけど、バツイチ男の助言のとおり。

喧嘩は無駄ではなかったのだ。

なにかが解決したわけではないけれど、ぐちゃぐちゃだった心のなかは、落ち着いている。

田中の話は気にしなくていい。広歌は過去としてこれからも存在し続けるけれど、今、利一の腕のなかにいる権利は、花純にある。それで十分。そのはずだ。

「花純さん、今日も早く帰れるようにする」

利一に「花純さん」と呼ばれても、もうその声は『広歌さん』とは重ならない。

「…………ご飯、作って待ってますね」

忠犬みたいな宣言をした自分が恥ずかしくなるけれど、お腹を引き寄せる腕に込められた力で、彼も喜んでいるのが伝わる。

「花純さん、これからも、しばらく帰りの遅い日が続く。不安になったら、いつでも電話してくれて構わない。できるだけ君を不安にさせないように、俺も努力する。だから、先に寝るときも、俺の部屋にいてくれないか。君と一緒に眠りたい」

たった四日間だったけれど、別々に眠る寂しさを利一も感じていたのかもしれない。

脇腹のあたりに置かれた彼の手にそっと触れると、強く握り込まれてしまった。

恋の傷でかさぶただらけの胸の奥が、キュンと甘くときめいた。

取り乱した理由は彼の帰宅が遅いせいではないけれど、彼に抱かれて眠れたら、きっとこの四日間より安心して過ごせるはずだ。

小さく頷くと、利一がホッとしたような息を吐いた。

「……早く入籍したい」

「っ……！　七月末でしょっ」

「そうだ。七月末に入籍したら、君がうんざりするほど名前を呼ぶ。『さん』はなしだ」

その日が少し、待ち遠しい、なんて。

にわかに頬を染めた花純の心を見透かしたように、強引に背中をシーツに押し付けられて、とろけるようなキスが降ってきた。泣き腫らした瞼にも何度も口付けてから、利一は「シャワーを浴びてくる」と言って、部屋から出ていく。いつもの、甘い朝だった。

(はあぁぁぁぁぁっ……)

恥ずかしい……恥ずかしい!!　四日ぶりで恥ずかしい！

(でも……たぶん、幸せ……)

暗い日々が続いていたせいか、今朝は余計に幸福感が胸を満たしていた。

利一がシャワーを浴びている間に朝のコーヒーを淹れておこうと、ベッドから這い出した。部屋着を着て、昨夜剥ぎ取られて床に投げ落とされていた服を回収してまわる。

「わっ！」

足に利一の鞄の持ち手が引っかかった。なんとか転ばずに持ちこたえたけれど、鞄の中からは書類が顔を覗かせてしまっている。飛びだした紙束を慌てて戻そうとして、手が止まる。

グラシューとのコラボに関する資料だ。

表紙に記された、レセプションパーティーの日付。

今からちょうど三週間後。

ザワリと胸がざわめいて、心臓に有刺鉄線を巻き付けられたように、小さな傷がいくつも開いて血を流す。胸が痛い。

利一は、広歌の計画を知らない。

彼が広歌の想いを知るのは、彼女が自ら用意したウェディングドレスを纏った日。

彼は、その広歌を見て、どう思うのだろう。

（わたしは……利一さんを、信じていればいい……）

小さく震える手で、書類をそっと戻した。部屋の時計の秒針が、ジッジッジッ……と低く響いて時を刻む。

恋の終わりの、カウントダウンのようだった。

五月最後の金曜日。

定時ぴったりに仕事を終えた花純は、会社の前でスマホ片手に時間を潰していた。利一も今日は仕事を早く終えるらしく、昼過ぎに『会社まで迎えに行く』と連絡が入っていたのだ。

会社で少しメイク直しをして出てきたけれど、彼の車はまだ到着していない。

（休憩所で待ってようかな……）

じっとりと肌にまとわりつくような湿度が不快で、会社を振り返った。

すると、会社の前に止まったタクシーから、ちょうど広歌と彼女のアシスタントが降りたところだった。人通りが多いから、きっと向こうは花純の存在には気が付かないだろう。

広歌はここひと月ほどで、体をさらに絞った。

もともとスタイルは抜群によかったけれど、その美しさは彼女の二週間後のレセプションパーティーにかける想いが、内側から滲(にじ)んでいるようだった。

広歌の姿に見入っていると、ふと、往来の真ん中で足を止めてスマホを構える男が目についた。元モデルをこうして勝手に撮影する人間は結構多い。だが、今日は撮影している男が問題だった。

（――小金沢？）

黒のシャツにデニムという、会社帰りとは思えない格好の小金沢の隣には、田中が並んでいる。

今週の月曜に営業部長から特大の雷を落とされた田中は、火曜からずっと会社を休んでいた。

風邪だと欠勤の連絡があったが、駒田は『怒られたから来ないんでしょ』と言ってはばからないし、正直花純もそうだと思っていた。

田中はフルメイクにミニスカートで、どう見ても体調が悪いとは思えない。

会社を休んで、いったいなにをしているのだろう——

訝しんだ花純の手のなかで、スマホが低く唸る。

それは利一からの着信で、視線を巡らせると道路には見慣れた車が止まっている。

ふたたび通りを振り返ってみたけれど、小金沢と田中はすでにその場にはいなかった。一瞬目を離した隙に、帰宅ラッシュの人ごみに紛れてしまったらしい。

今度目撃したら注意をしようと心に決めて、車に駆け寄り助手席に乗り込む。

「おかえり、花純さん」

「……ただいま？　でも、まだ帰ってませんよ？」

「いつも君が言ってくれるから、俺も言ってみたかった」

「っ………！」

花純のほうが照れてしまって、無言のままにシートベルトを締める。顔を熱くして黙り込んだ花純の反応に満足したのか、利一はそのまま車を出した。

マンションに戻って、一緒に夕飯を食べてから、花純が先にお風呂に入った。交代で利一が風呂場に消えてゆき、キッチンで水を飲んでいると、リビングのローテーブルの上に書類が出しっぱなしにされていることに気が付いた。

おそらく、コラボの件だろう。

心に巻き付いた有刺鉄線をギューッと引き締められたみたいに、痛みと息苦しさが同時に花純を襲う。耳の奥で、ジッジジッ……とカウントダウンの音が大きくなっていく。

レセプションパーティーまで二週間。

広歌が利一に想いを告げるその日まで、二週間だ。

（大丈夫……利一さんは……）

自分を、選んでくれるはず――自分を安心させようと言い聞かせるたびに、花純の心は歪んでいく。

本当に、これでいいのだろうか？

逃げるように、利一の寝室に入りベッドに潜り込んだ。

しばらくすると、風呂上がりの利一が寝室に入ってきた。きっと、彼はこれから寝室と続き間の書斎で仕事をするのだろう。ぼんやりと彼の存在を追っていた花純を、利一がそっと覗き込んだ。

「起きてたのか」

探し物でも見つけたみたいな彼の微笑み。

優しくされるとまたみっともなく取り乱してしまいそうで、微笑みを返して「寝るところです」とだけ答えて目を閉じた。けれど利一はなぜかその場を動こうとせず、ベッドの端に座って花純の髪をそっと撫でた。

「……花純さん、おいで」

腕を引かれて、花純は抗うこともできずに起き上がる。

利一は花純を部屋のソファに座らせて、ローテーブルの上に鞄から取り出したノートパソコンを置く。いったいなにがはじまるのかと利一を見上げていると、彼は少し笑って背後から花純を包むように座った。

「そろそろ結納の日取りを決めよう。考えている会場はここだ」

表示されたウェブページは、都内の有名ホテルのものだ。

「君の実家には、お義姉さんが戻っているだろう？ ここなら場所的にご両親の負担も少ない。君のご両親は、会場に来てくれるだけでいい」

「……結納とか……本当にするんですか……？」

「する。当然だ」

利一は、うしろから花純を抱きかかえながらページをスクロールした。

花純の気持ちとしては「しなくていい」だけれど、大企業の子息ともなると周囲に告知する意味合いで形式的なことも必要なのだろうか……

「これはイメージ画像だが、広くて綺麗だろう。このホテルとは付き合いがあるから安心できる。——六月の、第三日曜日はどうだ？」

上体をひねって利一を見上げる。自分だけに向けられる幸せそうな顔に、胸がジーンと熱くなる。

たぶん利一は、花純がずっと苦しんでいることに気付いている。けれど、そのことについて訊いても花純が『なんでもない』と答えるから、不安を汲(く)み取って結婚の話を進めようとしてくれているのだ。

立場がある利一は、結納まで話を進めたら、もう結婚を取りやめになんてできない。

（それだけ、本気ってことだよね……）

好きな人に想われていると実感して、嬉しくないわけがない。

大きく頷いた花純の頬にキスをして、利一はすぐに彼の実家に電話をかけた。

取り次ぎのやり取りのあとに、泰子の明るい声が漏れ聞こえてきた。

「……利一です。結納のことで——」

花純を抱きかかえたまま、利一は淡々と泰子に相談をしている。きっとこのまま、利一は本当に結婚までノンストップで計画を推し進めていくのだろう。そうしてくれたらいいと、そっと彼の体に身を預けた。

けれど、耳の奥では低い秒針の音が響いている。今、自分はずるをした。

広歌の計画を知りながら、利一の退路を断ったのだ。

利一が結納の日取りを決めた翌日の土曜日。

朝から降る雨に、買い物にも映画にも行く気になれず、シアタールームで映画を二本観たあと、予告編で気になった映画をチェックするべくスマホでインターネットをさまようちに、情報の波乗りを楽しんでしまった。

お気に入りの海外女優の結婚情報を追ってSNSに辿（たど）り着くと、ふと、「広歌」という文字が目に留まった。

（これって……）

昨日の、タクシーから降りて会社に戻る広歌の写真が、早くもネットで拡散されている。

あのとき小金沢が盗撮していた写真に違いない。隣には田中がいたというのに、自社の社長を盗撮し、それをネットに投稿しようとする小金沢を止めなかったのだろうか。

昨日の写真はかなり広まっていて、どこが発信元かすでにわからなくなってしまっている。けれど、この写真を最初に投稿したのは小金沢で間違いないはずだ。

怒りに任せてスマホの画面をスクロールしていくと、レセプションパーティーで広歌の一日限定復帰をすっぱ抜いた例のアカウントがまた広歌のことに触れていた。

（今度はなにを――えっ……）

『元モデルの広歌が大学在学中に交際相手と撮ったお宝写真――』

まだ二十代前半の、弾ける笑顔の広歌が男の人と肩を組んでいる写真が投稿されていた。

相手の顔にはボカシが入っているけれど、利一だ。

鮮明な写真でなくても意外とわかるものだ。

背景には緑が広がっていて、公園かキャンプ場だろう。旅先で、恋人と一緒に撮った思い出の一枚。楽しげな様子が伝わってくるのは、広歌の表情のせいか、それとも、二人の距離のせいか。

花純の手のなかで、スマホの画面が暗くなる。

――これは、効いた。

ごろんとソファの上で仰向けになって、意味もなく天井を見つめた。

大学時代からの交際。卒業後、二人は結婚を決意した。けれども、利一の父親の反対にあい、二人は別れた。広歌は利一の父親に認められなかった悔しさを胸に、モデルを引退し、グラシューを立ち上げた。

好きな人の父親に否定されて終わった関係。それを修復したいと願うほど、広歌は利一を愛している。

広歌のその想いは、どれほど強いのだろう。

花純は、凛（りん）とした強さをもつ広歌に憧（あこが）れて、グラシューに入った。

モデルの広歌ではなく、松崎広歌という一人の女性の在（あ）り方を、かっこいいと思ったのだ。

そんな広歌の想いや計画を知りながら、自分はなにをしているんだろうか。

（結納とか式場まで、話を進めさせて……）

利一に伝えるべきだった。広歌はまだ、あなたを想っているのだと。

隠しているのは、広歌の計画を尊重しているからだなんて自分に言い聞かせてきたけれど、そうじゃない。利一の心が揺らぐのが怖いだけだ。

（こんなの、フェアじゃない……）

これでは、小金沢や田中となにも変わらない。自分だって、広歌を裏切っている。

いや、もっと残酷だ。広歌の計画を知りながら、陰で利一と結婚の話をどんどん進めて、彼女が負ける日をただ待っているのだから。

（こんなの、嫌だ……）

利一はきっと、広歌がどんなアクションを起こそうとも、ここまで結婚の話を進めてきた花純を放り出すようなことはしない。

だけど、本当にそれでいいのだろうか？　本当に、それで幸せになれる？

このまま利一の隣にいたい。とはいえ、それは彼が自分を選んだ結果であってほしい。広歌の想いに揺らぎながら、同情や惰性で側にいてほしくなんてない。

スマートフォンの着信音で我に返り、ようやく自分が泣いていたことに気が付いた。目元を拭いながら電話に出ると、明美の明るい声が懐かしく耳に響く。

『花純？　舘入さんから結納の連絡があったわよ！　お父さんったら大慌てで、もう見せてあげたかったわ～。ねぇ今度、一回帰ってこない？　真己もね、花純に会いたがってるのよ～』

「……うん」

『どうしたの？　元気ないわねぇ？』

母親の声に、張り詰めていた糸が切れたようにまた涙が溢（あふ）れてきた。

あと二週間、こんな気持ちでずっと過ごすなんて耐えられない。勝てるわけがない。きっと利一は花純を選ぶけれど、心は広歌に傾くだろう。

「……お母さん、ちょっと、そっちに戻ってもいい？　二週間くらい……」

『え？　いいけど、どうしたの？　利一くんと喧嘩（けんか）でもしたの？』

「ううん、そうじゃない」

勝手に自分が辛くなっているだけ。利一はなにも悪くない。

だから二週間、レセプションパーティーのその日まで、彼から離れよう。広歌の告白で利一の心が彼女に傾くなら、そのときは、利一が花純を選んでも、自分から別れを切り出せばいい。

「……今、利一さんの大事な時期だから。大きな仕事が、終わるまで——ここにいないほうがいい気がして」

毎晩彼の隣で眠っていたら、きっと、決心がつかなくなってしまうから。

そうして利一が帰宅する前に『姉の里帰りを手伝ってくる』と書き置きを残して、二週間、彼との連絡を絶った。

8

六月中旬。

あいにくの曇天を吹き飛ばすほどの盛大なお披露目会が開催された。

招待客を出迎える受付から、司会の進行、照明や音響に至るまでイベント運営を行うのはプロの役目で、社員の出番はほとんどない。

それでも、レセプションパーティーにはグラシューの営業部のほとんどが参加している。

花純や駒田も例に漏れず、グラシューの黒のスーツをまとって、関係者パスを首から提げてバックヤードに詰めていた。営業事務スタッフの役割はいつものごとくパソコン作業だ。

本社から転送されてくるメールをさばき、必要なものを営業担当に伝える。そして、お祝いを届けてくれた招待客のリストを作成していく。

このリストがお礼状作成のときに役立つのは、これまでのイベントで学習済みだ。

「すごい規模だよね。三店舗目のオープンイベントのときよりダンゼン人多かったよ！　せむちゃんも会場を覗いてきたらいいのにー」

「わたしはいいや」

駒田はさっきお手洗いのついでに会場を覗いてきたらしいけれど、花純はバックヤードから一歩も出るつもりはなかった。

この会場のどこかに、利一もいる。

利一との現状を、駒田にはまだ話していない。それでも、彼女はなにかを感じ取っているらしく、極力彼の話題を避けてくれていた。そういう駒田の優しさに、いつも助けられている。

「田中さん、なんで来なかったんだろうねー。ここ一週間はせっかく出勤して大人しくしてたのにさ。パーティー来たくて改心したのかと思ってたよ」

「本当に風邪なんじゃない？」

田中は営業部長の雷で仕事を一週間休んだが、その後、何事もなかったかのように出社して、態度を改めて仕事に励んでいた。

レセプションパーティーに連れて行ってほしくて頑張っているのだろうと社内ではもっぱらの噂だったのに、当日来られないなんて。

「因果応報ってやつかねー。それにしても、コラボ担当の人たち忙しそうだよね。お披露目のショー以外に、なんかあるのかな？」

「……さぁ。イレギュラーとかあったのかもね」

今頃、会場では新ラインを紹介するショーが行われている。

広歌の一日限定のモデル復帰に、会場は賑わっていることだろう。

一時間ほどのショーが終わると、招待客は別ホールへ誘導される予定だ。通路には両社のコレクションが展示され、移動中もゲストを退屈させない。皆がホールに到着したあとは、そこで、広歌の計画が実行されるようだった。

その計画を舘入商事のスタッフに悟られないように準備しているから、グラシューのコラボ担当者たちは走り回っているのだろう。

駒田の知らない事情を察しながら、なんでもないように答えて視線をノートパソコンに戻したけれど、すでに文字を追える精神状態ではなかった。

心臓が激しく跳ねまわり、指先が凍りそうなほど冷たい。

利一は、ドレスアップした広歌を見てどう感じたのだろう。

書き置きだけを残してマンションを飛びだした花純に、利一は何度も連絡してきた。けれど、メールにも電話にも応じることはできず、そのうち、連絡が途絶えた。

ズキンと痛む胸のなかで、『自業自得』と『自然消滅』の文字がぐるぐるまわる。

（わたしが悪い。利一さんが怒って当然だ。利一さんを、信じなかった……）

妖精がいなくても、ドレスも靴も自分で用意してしまった広歌に勝てるわけがないと、利一に好きでいてもらえるはずがないと、自分を信じず逃げ出した。

恋を終わらせてしまったのは、自分自身。

「わぁっ！　社長すごくキレイ……！」

隣の駒田につられて顔をあげると、バックヤードの裏口からウェディングドレスをまとった広歌が入ってきたところだった。

広歌やスタッフの表情から察するに、ショーは無事に終わったらしい。

背の高さが引き立つマーメイドラインのドレスから靴をのぞかせて、彼女は舘入商事のデザイナーと話している。

広いバックヤードにはスポットライトもないのに、彼女だけに光が集まって見える。

光沢ある純白のスカートも、クラシカルなレースも、まとめ上げた髪にさした白い花も、彼女自身も、キラキラと輝いていた。

（本当に、きれい……）

ウェディングドレスは、女の子の幸せの象徴だ。派手な結婚式は望まなくても、ドレスだけは着て写真を撮りたいという女の子は多い。

きっとあのドレスが、広歌の幸せの形なんだろう。六年間の彼女の努力が実るまで、あと少し。

裏方全員の注目をさらった広歌から、花純はそっと目を逸らした。

自分の心のなかに渦巻く感情を認めたくない。暗い場所を求めるように、自然と視線がさまよった。ふと、段ボールの積まれたバックヤードの隅に佇む一人の男が目についた。

（……あれって……）

スマホを片手に、段ボールの陰に隠れるように立つ男。

うしろ姿しか見えないけれど、明るい茶髪が小金沢と重なる。けれど、バックヤードなどのセキュリティエリアには関係者パスがなければ入れない。小金沢がここにいるはずがない。

イベント運営会社のスタッフだろうか？　スマホ片手に？　ありえない――

盗撮だ。まだ取材の写真も公開されていないのに、また、広歌の姿がネットの海に放出されてしまう。そんな予感に突き動かされて席を立った。

静かに男の背後に接近していくと、彼が手に持っていたスマホの画面がチラッと見える。

（やっぱり盗撮……!!）

男のスマホにはウェディングドレス姿の広歌が映し出されている。

誰かに声をかけて、この男を取り押さえなければ——周囲を見渡したけれど、誰も盗撮男の存在に気付いていない。皆の視線は広歌に集中している。

どうしよう。焦った花純がふたたび男に視線を戻すと、彼のスマホ画面はＳＮＳの画面に遷移(せんい)して、男の指が投稿ボタンを押したあとだった。

ふたたびスマホを構えようとした男の腕を背後から掴(つか)む。

「なにしてるの!?」

「っ!?　なんだ、瀬村花純か」

振り返ったのは、小金沢だった。

「なんでここに……!?」

彼はニヤッと笑って、自(みずか)らバックヤードから出て行った。しかし、このまま小金沢を見逃(みのが)すわけにはいかない。

あとを追って花純も廊下へ出ると、小金沢は足早に会場の外に通じる裏口へと向かっていた。

「ちょっと！　なんでここにいるの？　盗撮なんて、なに考えてるの⁉」

「盗撮？　そんなことやってねぇよ。証拠でもあんのか？」

「さっき見えたの。広歌さんの写真を撮って、SNSに投稿してたでしょ？　この間も広歌さんのこと盗撮してたの見たけど、あなたなにしてるの⁉」

「は？　おまえの目、録画機能でもついてんのか？　おまえひとりが見たとか、証拠にならねーんだよ。つか、昔からなんも変わってねぇなー！　ピーチクパーチクうるせーババアみたいに。そういうのな、萎えるんだわ？」

カァッと顔が熱くなる。怒りと悔しさで体が震えた。

悪びれるどころか、反論してくるなんて――

「てかさー、おまえよく今日来られたな？　おまえンとこの社長が舘入の息子に告るの、知ってんだろ？　まさか、モデルに勝てるとか、思ってる？」

一人でケラケラと笑う小金沢は、なにか思い立ったようにパチンと指を鳴らした。

「あー、カワイソウだから、俺が拾ってやろうか？　さすがにもう男の味も覚えたんだろ？　舘入の息子、どうやってたらしこんだのか、俺にも教えろよ？」

ニヤリと下卑た笑みを浮かべながら、小金沢の手が伸びてくる。頭のなかが真っ白になった。

パァンと風船が割れるような音が響く。

気付けば、手のひらがジンジン痛むほど強烈な平手打ちを繰り出してしまっていた。

打たれた頬を押さえながら、小金沢が花純を睨みつけ、拳を振り上げた。

「この女っ！」

「おい、なにやってる！」

バックヤードから出てきた相澤が、両手を広げて花純と小金沢の間に割って入った。

「ここで騒ぐな！　表に聞こえたらどうするんだよ！　瀬村、こいつ誰だ！」

「この人、広歌さんを盗撮してたんです！　絶対関係者じゃない！」

チッと小さく舌打ちした小金沢が、小走りに出口へ向かっていく。

「おい待て！」

相澤と一緒に小金沢を追いかけ、両側から彼の腕を掴む。「離せよ」と小金沢はわずかに抵抗したが、警備員を警戒しているのか大声を出して騒ごうとはしない。

小金沢を連れて外へ出ると、真っ暗な空から糸のような細い雨が降っていた。

ホールをぐるりと巡る外廊下の屋根からはぽたぽたと雫が落ち、夜の景色を楽しんでいる人はいない。

「もういいだろ。出て行くから離せよ」

「そのパス、見せてもらおうか」

花純は小金沢が逃げ出さないよう腕を強く掴み、相澤がパスを取り上げる。

パスには社名と、所属部署、社員氏名が記載されている。うまく偽造したのだとしても、会社の社員名簿を調べればすぐに小金沢が関係者でないことはわかる。

けれど、パスに書かれていたのは、グラシューの社名と営業部営業事務チーム所属の新人、田中の名前――

小金沢は、田中からパスを入手して会場に侵入したのだ。

「なんでこんなことを……――あっ！」

頭のなかで、さっき小金沢が操作していたＳＮＳの画面が蘇る。あれは、レセプションパーティーの情報を流したアカウントが利用しているのと同じサービスだった。

（もしかして……！）

「主任！　スマホ貸してください！」

戸惑う相澤が社用のスマホを取り出すなり奪いとって、それを使ってインターネットで問題のＳＮＳを開く。例のアカウントを検索すると、最新の投稿はドレスを着た広歌の画像になっていた。

小金沢が盗撮していたもので間違いない。

花純と相澤は同時に顔をあげて小金沢を睨みつけた。

「おまえか！」

「レセプションの投稿も、田中さんから情報を聞き出してＳＮＳで流してたの……!?」

「……知らねーなァ。俺は、たまたま聞いた話をネットに書き込んだだけだし？」

「そんな子供みたいな言い訳が通ると思ってるの？　こんなに人の写真や秘密を公にしておいて！　恥を知りなさいよ！」

「はァ？　人間にはなぁ、知る権利があるんだよ！」

　思春期の反発みたいな言い訳で自身の行いを正当化する小金沢の目は、どんよりと澱んでいる。そこには罪悪感などなかった。

「どうしました」

　騒ぎを聞きつけた警備員二人組が接近してくる。

　小金沢は血相を変えて花純の手を振りほどこうともがいた。逃がすものかと小金沢の手をきつく握ると、乱暴に肩を押された。

「っ――！」

　体が傾ぐ。けれど、手を放せば小金沢は逃げてしまう。

　田中に悪影響を与えて、広歌を盗撮した犯人を放してなるものか！

（絶対逃がさない！）

　花純は小金沢を道連れにして、コンクリートの廊下に倒れ込んだ。

「瀬村ナイスタックルだ！　警備員さん、こいつを捕まえてくれ！　部外者の盗撮犯だ！」

警備員が相澤の要請に従って、小金沢を取り押さえる。

花純は警備員の手を借りて立ち上がり、邪魔にならないよう隅で事の成り行きを見守った。

予期せぬ衝突に、心臓がドキドキしていた。

小金沢は唾を飛ばしながら叫んで抵抗していたけれど、わらわらと警備の増援がやってくると勢いをなくしていった。相澤が事情を説明したあとには、警備員に両側をがっちり拘束されて、確保された宇宙人みたいな有様になってしまっていた。

過去の自分は、こんな男に泣かされたのかと思うと、情けない。

「瀬村、大丈夫か？　タックルで怪我してないか？」

「大丈夫です。それに、タックルするつもりはなかったんですけど……。とにかく早く戻りましょう。もうすぐ、両社の挨拶がはじまります」

「……そうだな」

相澤は、花純を気遣って冗談を言ってくれている。けれど、今日はうまく笑えない。

これから広歌が利一に想いを伝えるとなれば、なおさらだ。

花純と相澤は、小金沢を警備員に任せて会場のバックヤードへ戻った。

相澤は営業部長に報告に向かい、花純は自分の持ち場であるパイプ椅子に座る。

隣の駒田が首を傾げていた。

「せむちゃんどこ行ってたの？　大丈夫？」

「大丈夫。たぶん、ＳＮＳに情報流してた犯人見つけた」

「えぇっ⁉　それで裏が騒がしかったんだ……平気？　さっき、舘入さんがせむちゃんのこと探しに来てたんだよ？」

「……利一さんが……？」

「うん。私、せむちゃんはトイレかもーなんて適当に答えちゃって――あっ、戻ってきた！」

いつもよりフォーマルなスーツを身にまとった利一が、逃げ出したくなるほど冷たい表情でバックヤードに入ってきた。室内を見回した彼の目が、花純を捉える。

二週間ぶりの利一の姿に、胸が高鳴り、息が止まる。

頭の回路が全部遮断されたみたいに、なにも考えられなくなる。

指一本動かせなくなってしまった花純に、利一は迷いなく向かってくる。

「花純さん」

厳しい表情の利一が、花純の腕を掴んだ。

「一緒に来てもらう」

「どこにっ、ちょっとっ……！」

パイプ椅子から立たされた花純は、歩きだした利一についていくしかない。周囲には舘入商事の社員もいる。こんなところで「行かない」なんて駄々をこねて、彼を困らせるわけにはいかない。

足早に進む利一は一度も振り返ることなく、花純が立ち入ったことのないエリアに入った。

廊下の先にあるドアを彼が開けると、その向こうには、招待客が着席したホールが続いていた。

「利一さんっ……」

ここは、花純にとって処刑場だ。

これからこの場で、広歌が利一に想いを伝えるのだから。

せめてもの慈悲を乞うように彼の腕を掴むけれど、利一はやはり振り返ろうともしない。

「この発表は、絶対に聞いてもらう」

ぐい、と腕をひかれ、靴底からふわりと絨毯の感触が伝わる。

照明のしぼられたホールにいる大勢の招待客は、舘入商事にとっても、グラシューにとっても、大切な取引相手や関係者だ。そんな来賓たちの目の前で、取り乱して騒ぐなんてできない。

もう、逃げられない。

ブーン……と低い耳鳴りがして、すべての音が遠くなる。

嫌な汗が全身を冷やして、体に力が入らない。

利一に腕を引かれてテーブル席に辿(たど)り着くと、彼が引いた椅子に座った。

そこには、利一の両親である舘入社長夫妻の姿もある。見たことのない男の人も席についているけれど、利一が席に着くと、すぐにスピーカーから音楽が流れて花純の視線は舞台に吸い寄せられた。

壇上に、光り輝く広歌が上がった。


「本日は、お忙しいところ舘入商事株式会社と弊社グラシューとの共同制作発表会にお越しくださいまして、誠にありがとうございます」

広歌が挨拶(あいさつ)をはじめる。

代表者の挨拶(あいさつ)のあとに新商品の発表に入るのが一般的なやり方だが、今回はショーを先にもってきたことですでに場に慣れた招待客たちの緊張感はあまりない。

グラシューの三店舗目のオープン記念よりずっと打ち解けた雰囲気だと、花純はどこか現実感のともなわない頭で考えていた。

なんとか背筋を伸ばして座っているけれど、頭のなかは、まるで眠っているようにはっきりしない。スクリーンに映し出される映画を、ぼーっと観ているときのよう。

利一と広歌の、ラブストーリー。

クライマックスに相応しくドレスアップした広歌は、まさにヒロインだ。

「グラシューを立ち上げて六年、皆様のご支援を賜り、あたたかく育てていただきました――」

女性らしさを捨てることなく、広歌自身の言葉で、彼女は想いを伝えていく。

誰もが壇上の広歌に恋をしたように、彼女を見上げ耳を傾けていた。

「六年前に会社を立ち上げたときには――」

壇上の広歌の背後にある巨大なモニターが点灯し、グラシューの最初の商品であるコートが映し出される。広歌がモニターを振り返り、懐かしく目を細めたときだった。

利一の隣に座っていた男の人が、唐突に立ち上がった。

すらりとした痩身で、どこか憂いのある端整な顔立ちの彼は、堂々とした足取りで壇上へ向かう。

彼は、微笑みながら壇上へ上がり、まるでそういう演出であるかのように招待客へ一礼した。

けれど、広歌は予期せぬ事態に硬直している。

その広歌の表情が語っていた。これは、演出ではないのだと。

「利一、どういうことだ」

舘入社長の低い問いかけに利一は答えない。

彼の目は、じっと舞台の上に注がれたままだ。

広歌の隣に立った男の人は、彼女からマイクを奪って挨拶をはじめた。

「ここからは、私、舘入優一が、グラシューとその代表である松崎広歌さんについてご紹介いたします」

舘入優一？

（利一さんの、お兄さん……？）

優一は、隣の広歌が戸惑いを滲ませても構わずに話を進めた。

「この六年のグラシューの歩みは、決して平坦なものではありませんでした。これは一昨年の、グラシュー三店舗目のオープン記念イベントの彼女」

モニターに映し出されたのは、社長として挨拶をする広歌の写真だ。

巨大モニターに映し出される写真は、思い出のアルバムをめくるように変わっていく。

それらはすべて、グラシューとともに歩んできた広歌の姿だった。

「モデルとしてスポットライトを浴びてきた彼女にとって、困難に次ぐ困難を乗り越えていくことは、簡単ではなかったでしょう。一店舗目の初年度の売り上げは目標値の七割にとどまり、三店舗目を出店するまでには三年を要しました。念願の実店舗をオープンするまでにも、立ち上げから三年の準備期間をかけている。店を構えることがどういうことか、ここにお集まりの皆様はご存知のことでしょう。生半可な気持ちでは、やっていけない」

モニターの映像が、一番初めのグラシューのコートに移り変わる。

「グラシューを立ち上げる二年前、彼女は大切なものを失いました。恋人です。彼女の恋人は、強い人間ではなかった。父親の反対にあい、彼女を守れなかった恋人は、一方的に彼女に別れを告げます。でも、彼女は彼を忘れなかった」

優一の隣で、広歌がきゅっと唇を引き結んだ。

なにかに耐えるような表情に、花純の胸も締め付けられていく。

「彼女は強い女性です。悔しさで折れることなく、前を向いて歩きだした。何年もくすぶり、昨年ようやく自身のシューズブランドを立ち上げた僕とは大違いだ——」

映像がまた切り替わった。

広歌が二人の青年と肩を組んでいる写真だった。

二人の青年の一人は、笑みを浮かべた優一で、もう一人は、迷惑そうな顔をした利一——

(SNSで拡散されてた写真……?)

写真から読み取れる、広歌と利一の微妙な距離感。

広歌と優一の、親密な雰囲気。

「広歌、待たせてごめん。迎えに来たよ。結婚してくれるだろう?」

奥歯を噛みしめていた広歌の両目から、大粒の涙がこぼれ落ちる。壇上で両手を広げた優一の胸に、ドレスの裾をひらめかせて広歌が飛び込んだ。

(え――――?)

歓声と拍手が響き、優一が観客に向けて「やりました」といたずらっ子のように笑うと、場内は一気に祝福ムードに包まれた。

(どういう、こと……?)

頭がうまく機能しない。

呆然としながら、答えを求めるように利一に顔を向けた。

けれど、混乱してるのは花純だけではない。渋面の舘入社長も、利一を問い詰めていた。

「利一、これはどういうことだ」

「失礼します」

利一は花純の腕を掴んで立ち上がる。割れんばかりの拍手が壇上に注がれるなか、利一は堂々と花純をその場から連れ出した。

裏通路を抜けて、関係者用エレベーターで階上に上がった。

一室に押し込まれた花純は、奥へ進まずその場で振り返る。

利一も足を止め、怒ったような顔で花純を見下ろしていた。

部屋の廊下で向かい合った二人の間には、二週間前までの甘い空気はどこにもなかった。

心臓まで止められてしまいそうな鋭い視線に、頭のなかがズキズキ痛んで、下瞼が熱くなる。

「これでわかっただろう。松崎社長と交際していたのは、兄だ。俺じゃない」

自分の目で見た光景と利一の言葉で、脳がようやく間違いを認める。

広歌が取り戻したかったのは、利一ではなく、優一だったのだ。

「兄と彼女は同学年で、大学時代から交際していた。俺が大学を卒業した年に、二人はうちの両親に挨拶に行ったんだ。でも、父はあの性格だ。相手がモデルだと知って、舘入の家を任せられないと結婚に反対した。もともと父と兄の折り合いは悪くて、それが決定打になって兄は家を出た」

利一の話が、ぼんやりとした映像になっていく。

舘入社長に結婚を反対されたことをきっかけに、それまでの鬱積が爆発し、優一は家を飛び出したのだろう。

「家を出た兄は、新しい部屋を借りるまで俺のマンションで暮らしていた。そのとき兄はよく広歌さんをうちに連れて来ていた。シアタールームの隣の部屋、あそこが兄の部屋だったんだ」

　シアタールームの隣にある部屋は、今は物置になっている。

　置かれているのは主に掃除用具で、人が暮らせそうなくらい広い部屋なのに、もったいないと思ったものだった。

「……それから、兄と広歌さんは別れた。大学時代の彼女は、『裕福な人と結婚するために、自分の容姿を利用する』と言ってはばからない人だった。兄はそれを知っていたから、舘入から出てしまった自分では彼女の求める幸せを与えることができないと考えて身を引いたんだ。兄は彼女と別れてすぐに海外へ渡航した。日本に戻ったのは去年だ」

　その間に、広歌はモデルを引退し、グラシューを立ち上げていた。

　優一を忘れられないまま。

「俺は、兄が日本に戻ってから、広歌さんを想い続けていると知った。彼女も、兄を忘れてなかった。そのくせ、お互い絶対に自分から連絡を取ろうとしない。だから、グラシューにコラボをもちかけたんだ。兄と広歌さんが、またやりなおすきっかけになればいいと――」

言葉を切った利一は、なにかを思い出したように目を細めた。

「ところが、広歌さんが父の目の前で兄を取り戻す計画を立てはじめた。大切なレセプションパーティーでそんなことをされて、父が黙っているはずがない。余計険悪になるだけだ。大事（おおごと）になる前に計画を兄に伝えた。その先は兄の考えた演出だ。しでかしたのが広歌さんでなく息子なら、さすがに父も黙るしかない。二人の邪魔は、もう誰にもできない」

いろんなことが繋がっていく。

利一との婚約を知った広歌が、『あなたは認められたんだ』と悔しさを滲（にじ）ませながらも、『力になるわよ』と言った理由。

彼女にとっての天敵は舘入社長で、花純ではなかった。

広歌が利一のマンションの詳細を知っていたことで、花純は二人が交際していたのだと疑わなかった。そして、『広歌の元恋人はコラボ先の御曹司』というＳＮＳの投稿で、相手は利一だと確信した。

けれど、舘入商事の御曹司は、二人いたのだ。

「舘入の社内では、兄と広歌さんの話は結構有名だった。ＳＮＳで広歌さんと舘入商事の息子が恋仲だったという投稿が拡散されたときも、今さらなにを、と社内では誰も気にもとめなかった。だが、兄が舘入を出て行って八年だ。世間からすれば、舘入商事の息子といえば俺だ。勘違いするのも無理はない」

勘違いをしていたのは、花純だけではなかった。

広歌の告白計画を知っていた相澤や、田中、小金沢も、広歌の元恋人は利一だと信じきっていた。だけど……

「……ごめんなさい……」

利一に、大人げなく感情をぶつけた日。

彼は広歌との関係を説明しようと何度も『聞いてくれ』と言ったのに、花純は勝手な思い込みや嫉妬で、彼の話を遮った。

何度も『君だけだ』と言ってくれたのに、勘違いして不安になって、彼の側から逃げ出した。

ほんの少し勇気を出して、彼の話を聞いていれば。

もっと自分に自信を持てていれば。

あんなに想ってくれていたのに。

ボロボロと涙がこぼれて、視界がぼやける。

利一がどんな顔をしているのかも判然としないけれど、頬を伝う涙を彼の指先が拭うのは、しっかりと感じられた。

「このところ、仕事が終わってから兄と打ち合わせていたせいで、帰りが遅くなって君にも寂しい思いをさせた。それは悪かったと思ってる」

利一は悪くない。

確かに、彼の帰りが遅いと思ったことは多々あるけれど、広歌の影を感じるまでは、彼の体調を心配することはあっても浮気を疑うようなことはなかった。

帰りが遅いぶん、土曜日が仕事のぶんも、彼は他で想いを示してくれていた。

「不安だったのはわかる。でも、俺よりネットや噂を信じるなんて、俺はそんなに信用がないのか」

「ごめんなさいっ……」

涙がぽたぽた頬を伝って落ちていく。

馬鹿な自分でごめんなさい。自信がなくてごめんなさい。あなたを信じなくてごめんなさい。伝えたい想いは全部感情の波にさらわれて、子供みたいに単純な謝罪の言葉しか出てこない。

「さすがに俺も、怒ってる」

「……ごめんなさいっ……」

涙を拭ってくれていた利一の指が、離れていく。

怒って当然だ。あんなに想ってくれていたのに。

広歌の告白なんかなくても、自分の行いのせいで彼を失ってしまう。

こんなふうに、終わってしまう。

くしゃくしゃの泣き顔で彼を見上げる。

けれど、利一は長い息を吐いて、すっと目を逸らすように俯いた。

「利一さんっ……ごめんなさい……」

「そうだ。君が悪い。だからこれは、俺を信じなかった罰だ」

利一の手が、体の前で強張っていた花純の左手を掴む。

指先に冷たいなにかが触れて、ぐっと薬指にそれが押し込まれた。

「………っ」

左手の薬指に、大粒のダイヤモンドが輝く指輪が嵌っている。

大きな石の両脇に小さな石がちりばめられている、花純がジュエリーショップで可愛いとこぼした指輪。

店で見た指輪よりも、ダイヤモンドは大きくなっているけれど。

「二度と、いなくならないように。異論は認めない」

さっきよりずっとぐしゃぐしゃの顔になった花純を、利一がそっと抱き寄せる。

二週間ぶりの利一の匂いに、失ったかと思った彼の存在に、涙が止まらなくなる。

この腕のなかにいられることが嬉しくて仕方ない。

彼のジャケットを掴んだまま、花純はしばらく声を抑えて泣いていた。

優しく髪を撫でていた利一の手がそっとうなじに添えられて、吸い寄せられるように顔をあげた。

「そんなに泣いて。俺が君を捨てると思ってたのか」

「だって……」

「言っただろう。君を手放すつもりはない」

唇が重なって、体が幸せに震えた。

膝から力が抜けそうで、彼の肩に腕を回すと、きつく腰を引き寄せられる。触れ合うだけのキスでは満足できないというように、利一の舌が口腔に入り込んできた。

頭の芯までジーンと火照り、恍惚とした気持ちになってくる。

利一以外のすべての気配が遮断されて、しばらく低く唸るような電話のバイブレーションにも気付けなかった。

「んっ……利一さん、電話っ……」

「放っておこう」

「えっ……ん、ぅ……」

くちゅ、と舌が絡み合い、着信が切れる。しかし、数秒とたたないうちにまた電話が利一を呼んで、観念したように彼は花純を解放した。

「――はい」

これ以上ないくらい不機嫌な利一の声に、少し電話の相手に申し訳なくなる。

涙が乾いて突っ張った頬を拭っていた花純の向かいで、利一が「すぐ行く」と応じていた。

なにかあったのだろうか？

電話を切った利一は、悪役の笑みを浮かべて花純に向き直った。

「花純さん、君の会社の、問題児が捕まった」

警備室は、建物の一階のはずれに位置していた。

狭い部屋には、制服の警備員と威圧感たっぷりの黒スーツの非一般人が詰めていて、花純はそーっと利一の背後に回り込んだ。

利一にここまで連れてこられてしまったけれど、場違い感がすさまじい。

「こちらです」

体の分厚い制服の警備員が続き部屋のドアを開くと、飾り気のない応接室に続いていた。

使い古された感のある臙脂のソファに、小金沢と田中が仲良く並んで座らされている。

屈強な黒服の監視のもとで。

「彼女が受付で騒いでいたので、警備室にご同行願いました。身分証を確認したところパスを譲渡した本人らしく、一応ご確認いただきたく。彼女で間違いありませんね？」

二人を監視している黒服が花純に問う。

要するに、セキュリティパスを小金沢に譲渡したグラシュー社員の田中が、警備室にいる田中と同一人物で間違いないかの確認をするために、花純はここに連れてこられたというわけか。

おそるおそる頷くと、田中がギロリと花純を睨みつけた。

「嘘つき女！　たぁくんが盗撮したとか言いがかりつけるなんて、ほんっとに最低っ！　たぁくんがわたしと幸せになるからって、僻んでるんでしょ⁉　パスは、わたしが家に忘れたのを、たぁくんが届けてくれただけなんだから！」

「……そうだそうだ。俺はな、コイツが忘れて行ったパスを届けてやっただけなんだよ」

どうやら田中と小金沢は、『彼女が家に忘れたパスを、彼氏が届けてやろうとするうちに、うっかり会場に迷い込んだ』という筋書きで片を付けたいらしいが、そんな言い訳が通るはずがない。

小金沢が撮影した画像は、広歌の一日限定モデル復帰をすっぱ抜いたアカウントで投稿されている。そのアカウントが他にどんな投稿をしているのかを考えれば、彼の目的がはじめから盗撮にあったことは明らかだ。

中学生が喋っているのかと疑いたくなるほど幼稚な言い草に、警備員も失笑していた。

この二人と知り合いだと思われるのも恥ずかしい。

花純に同情的な警備員の視線に、顔もあげられない。

広歌も、自社の社員がこれでは恥ずかしい思いをすることだろう。

「つか、もういいだろ。好奇心で写真撮ったことは謝ったんだし、写真も消したし。帰らせろよ」

「小金沢隆司さん、だったな」

それまで黙っていた利一が口を開き、警備室の空気がピンと張り詰めた。

「今日のところはお引き取りいただいて構わない。が、後日、ＭＧＲコーポレーションの北村さんから正式に連絡がいくだろう」

ソファにもたれかかっていた小金沢が、瞬く間に蒼白になっていく。

のろのろと顔をあげた彼の目は動揺に揺れて一点に定まらず、得意の反論も軽口もない。

「北村さん以外にも、君の連絡先を知りたがっている人は大勢いる。これから忙しくなるだろうな」

「……なに？　たぁくん、この人、なんの話してるの？」

「小金沢さん、彼女に教えてあげるといい。機密漏洩の罪の重さも、君がこれからどうなるのかも、彼女は理解できていないらしい。賠償請求額がいくらになるか、楽しみだな」

「賠償請求って、なに……？　ねぇ、たぁくん、どういうことなの……？」

田中の呼びかけにも、小金沢は応じない。

寒いくらいに空調の効いた室内で額に汗を滲ませる小金沢に、田中にも焦りが表れていた。

具体的な内容がわからなくとも、小金沢がしでかした悪事が露見したのだということは、花純や警備員だけでなく田中にも理解できたらしい。

跳ねるように立ち上がり、彼女は小金沢を指差して喚きはじめた。

「わ、わたしはっ！　ＭＧなんとかなんて知らない！　関係ないんだからっ!!　今回のパスだって、この人が貸せってしつこいから貸しただけなのっ!!」

「君が彼にパスを渡した経緯に興味はない。君たちが松崎社長の写真を流した影響で、プレスは大慌てだ。兄は俺よりずっと性質が悪いから、松崎社長を裏切って情報を流出させた君も、心の準備をしておいたほうがいい」

「っ……！　お、脅されてやったの!!　わたしだって被害者なんだからっ……!!」

あっさりと「たぁくん」を見限った田中に、利一は冷ややかな笑みを向けた。

お見合いの席で見せた、人の悪い嘲笑(ちょうしょう)だ。

「随分と薄情だな。さっき君は、彼と幸せになると言っていただろう。二人でこの困難を乗り越えて幸せになればいい。知的レベルが同程度で、とてもお似合いのカップルだ。心から祝福する。——花純さん、行こうか」

利一が花純の左手を引いた。

まるで、その仕草に田中の視線が引き寄せられることも、花純の薬指できらめく指輪が、田中の視界の中央を横切ることも計算し尽くしていたように。

「っ——!!」

田中が息を呑み、真っ赤になりながら唇を噛みしめる。

どす黒く染まった顔は鬼の形相(ぎょうそう)で、その両目は小金沢と同じく、焦点が合っていなかった。

利一は、あとは頼んだと警備員に一言残して、花純の腕を引いたまま警備室をあとにした。

うしろからは田中と小金沢の仲間割れの罵声(ばせい)と、取っ組み合うような騒音が聴こえてきたけれど、その地獄絵図は恐ろしすぎて、とても振り返る気にはなれなかった。

セキュリティエリア内のエレベーターホールでも、利一はしっかりと花純の手を握ったまま離さない。

その横顔は、いつもどおり。

小金沢と田中を恐怖のどん底に突き落としたことなど忘れたように、平然としている。

利一は、小金沢を震えあがらせる弱みを握っていた。

なぜ、彼は小金沢の悪事を把握していたのだろう？

今日の利一には、盗撮犯として捕まった小金沢について詳しく調べる時間も、調べさせた結果報告を受ける時間もなかったはずだから、事前に調べがついていたことになる。

だけど、小金沢に目を付けた理由は、なに？

もしかして、例のＳＮＳのアカウントが、小金沢のものだと知っていた？

「あの……利一さん。あのアカウントを使ってるのが、小金沢さんだって知ってたんですか？」

「そうだ。調べがついたのは二日前だった」

「じゃあ、たった二日間で、小金沢さんが別の会社から賠償金を請求されるような状況だってことも、追加で調べたってことですか……」

花純の脳内で老紳士の探偵が調査結果の資料を差し出したところで、利一が首を横に振った。

「いや、それは順序が逆だ。小金沢を調べるうちに、彼が人の弱みや企業の非公開情報と引き換えに金銭を得ていると突き止めた。その関係者経由で、あのアカウントが彼のものだと知っただけだ。金にならない写真やゴシップを、あのアカウントで拡散するのが彼の趣味らしい」

田中が言っていた小金沢の自営業とは、そういうことだったのか。清々しいほど最低だ。

大学時代には、そんな悪事に手を染める人間だとは想像もできなかった。

明るいお調子者。面倒見がよくて、人懐っこい。それが、大学時代の小金沢隆司という男の印象だった。

プラス、女にだらしない、を忘れてはいけないけれど。

「だけど、どうして小金沢さんを調べてたんですか？」

「……それは君には話せない」

そう言われてしまうと、これ以上は聞けない。

大企業の副社長である利一ならではの、部外者には明かせない、横のつながりや裏事情。

花純の脳内に登場した老紳士の探偵だって、実在するかもしれない世界。

（そりゃ言えないこともあるよね……）

少し寂しい気もしたけれど、彼は舘入商事を守っていく立場にあるのだから仕方ない。

エレベーターが到着したことを知らせるランプが点灯し、ポーンという軽快な音とともにドアが開く。中から機材を載せた台車と、それを押すスタッフたちが出てきた。

「……君は、俺の嫉妬心なんて知らなくていい」

「え？」

ガタガタ鳴る台車の音と、スタッフの挨拶で利一がなにを言ったのか聞こえなかった。首を傾げて見上げる花純の腕を引いてエレベーターに乗り込んだ利一は、小さく咳払いしながら階上のボタンを押してドアを閉めた。ゆるやかな上昇を感じる。

「小金沢は、複数の企業から制裁を受けることになるだろう。君の会社の田中も、解雇だけでは済まない。服飾業界には、もう彼女の居場所はない」

「そう、ですか……」

「どうした？　あの二人に同情してるのか？」

小金沢も田中も、してはいけないことをした。彼らは犯した罪を償うべきだと、理解している。花純個人としても、小金沢は花純を捨ててその過去を吹聴していたし、田中は田中で広歌の告白計画を知って花純を追い詰めたのだから、どちらにも私的な嫌悪感はある。

（だけど……）

甘いかもしれないけれど、入社してきたフレッシュな田中の笑顔や、大学時代にサークル仲間と笑い合う小金沢の姿が頭を過り、彼らが人生のどこかで一歩踏み外した瞬間に、誰かが正しい方向へ導いていたら、と考えてしまうのだ。

映画でも、いつもそう。『もしもあのとき』を考えてしまう。

いくつもの物語に触れて培われた想像力の暴走。

こんなところでも発揮していると利一に知られたら、きっと呆れられるだろう。

「……知り合いだから、ちょっと複雑なだけだと思います」

「君は、本当に優しい。そういうところが好きなんだ」

優しいとは、違う気もするけれど、利一のとろけるような笑みが戻ってきて、鼓動が高鳴ってそれどころではなくなってしまった。

二週間ぶりの甘い微笑み。

せっかくついてきた耐性が初期化されたように、カァッと顔が熱くなる。

「っ――それより、利一さん、会場に戻らないとっ」

「戻らないほうがいい。俺がいても兄たちに水を差すだけだ。いなくなった理由は、周りがいくらでも勝手に想像してくれる」

それに――と、彼が花純を引き寄せる。

「俺は君で忙しい」

強引なキスに小さな悲鳴をあげたけれど、彼を押し止めようとした手に力は入らない。

重なった唇に、引きはじめていた熱が再燃する。エレベーターの防犯カメラを気にする余裕もなく、唇の粘膜を辿る舌に息を乱された。彼の熱に、理性が溶かされていく。エレベーターが小さく揺れて、ポーンという音にあわせてドアが開く。もつれあいながら廊下に出て、さっきの一室に入った。

部屋の内装なんて頭に入ってこないくらい、口内に入り込んだ舌にとろかされていく。パンプスが脱げ、足の裏が硬い絨毯で擦れて、わずかに残った理性を呼び起こす。

「り、利一さんっ……！　わたし、仕事に戻らないと――」

「心配ない。松崎社長には、君を連れ出すことはあらかじめ伝えてある」

抱きあげられてベッドに投げ出された。

ビジネスホテルのような簡易的な休憩室が目に映ったけれど、すぐにその景色は覆いかぶさってきた利一に遮られる。

「んぅっ……だ、だけどっ……！　仕事中なのにっ……ぅ、わっ！」

ジャケットを剥ぎ取られて、シャツのボタンが外されていく。その間にも何度もキスが降ってきて、彼の存在にどんどん体が火照る。

「んっ……ダメですっ……！　帰ってからっ……!!」

「待てない。俺から二週間も君を取り上げた君が悪い」

頭がこんがらがるようなことを言いながら、利一は花純のシャツのボタンを外しきって、インナーもろとも体から抜き取った。

急いてジャケットを脱ぎ捨てた彼は、花純の体をまさぐりながら噛みつくようなキスをしてくる。性急なのに、なぜか胸にジーンと響くキスだった。

「花純さん……」

気持ちをぶつけられているようで、抵抗なんてできなくなる。

寂しかったのは、彼も同じだったのだ。

一方的な書き置きを見た彼は、怒るだけでなく、傷付いただろう。実家を手伝いに帰るなんてただの言い訳でしかないと、彼ならすぐに気が付いたはずだから。

何度も逃げて、きっとそのたびに、彼を傷付けた。

（それなのに――）

彼は花純を好きでいてくれる。

「もう逃げないでくれ。君を閉じ込めるために、マンションの改装を本気で考えた」

閉じ込められなくても、きっともう二度と彼から離れられない。

花純をきつく抱き締める彼の体に、そっと腕を伸ばして抱き返した。

好き、彼が好きだ。彼に追いかけてもらうばかりではいけない。彼を振り回して、不安にさせてしまったぶんも、この気持ちは伝えなければ。

「どこにも、行きません……ずっと、利一さんの側にいます……」

花純の体をきつく抱き締めながら、利一が満足したように笑ったのが伝わって、情欲や恋よりも、もっとやわらかくて温かい気持ちが胸の奥に広がった。

「今夜も、利一さんが、もういいって言うまで、ずっとこうしてますから……」

「花純さん……」

触れ合う肌から気持ちが伝わってくるみたいに、胸がドキドキ甘く高鳴る。

濡れた唇が擦れて舌が絡みあうと、体の内から溢れた熱がじわりと肌を焦がしていった。

唇が離れて、彼の瞳がまっすぐに花純を見下ろした。その危険極まりない目——

「もういいなんて、言うわけがないだろう」

「えっ——ふ、ぁ……！」

ブラごと乳房を揉みしだいた手が、先端をぐい、と押し潰して、変な声が出てしまった。

教え込まれた快感が、二週間のインターバルでより鋭く神経を蝕んでいるみたいだ。

大きく息を吸い込んで悶える花純の首筋を、舌がつーっと辿っていく。

「二週間も、君なしの生活を強いられたんだ。離すわけがない」

首のうしろの産毛が逆立つほどゾクゾクして、お腹の奥が甘く痺れた。ずらしたブラからこぼれだした乳房を揉みながら、利一は欲情に掠れた低い声と熱い吐息で花純の耳を犯す。

「もう硬くなってきてる。感じてるんだな」

「う、んんっ……はぁ、あっ……」

　耳を食(は)まれ、同時にきゅぅっと乳首を摘ままれて呼吸が乱れる。乳房全体がジリジリ痺(しび)れて、爪先(つまさき)まで力が入った。全身を駆け巡る熱がお腹に溜まって、ズンと重くなった腰が無意識に揺れる。

　必死に利一のシャツを掴(つか)んでいるのに、気持ちよすぎて、飛んで行ってしまいそう――そんな錯覚(さっかく)に襲われるほど、彼は知り尽くした花純の弱いトコロを執拗(しつよう)に攻めてくる。

　ピンと勃(た)ちあがった乳首を指でしごかれると、口元にやった手などなんの役にも立たない。開ききった唇からは、ためらいなく甘ったれた声がこぼれて、それがまた利一を煽(あお)るのだ。

「君の声をずっと聴きたかった」

　鼓膜を震わせる、雄の声。ゾクッと小さく震えた花純の首筋を彼の唇が下りていく。

　期待した胸の内を見透(みす)かしたように、不意に乳首を指で弾(はじ)かれビクンと体が跳ねてしまった。

「舐(な)められると、期待しただろう」

「ん、ううっ……」

見え透いた、情けない嘘の否定の返事しかできない。

小さく首を横に振った花純の脚が、大きく開かされた。たくし上げられたスカートは腰にまとわりついて、ストッキングとショーツを隠す役割なんて果たせていない。

恥ずかしさに目を開けると、危険な獣のような鋭い目が、黒のショーツをじっと見つめていた。羞恥と欲望がせめぎあい、体の奥からじわりと熱が溢れだす。

「もう、濡れてるんじゃないか？」

「ん、んんっ……」

利一の長い指が、膜のように肌に張り付くストッキングの上を滑っていく。大きく脚を開かせておきながら、彼は中心部には触れようとしない。焦らされている。疼きが増して、せがむように彼を見上げた。けれども利一は、花純の目を見つめながら、腿の裏側をゆっくりと指で撫でて、膝頭に唇を寄せた。

「ふぁっ、うぁあっ……」

なまぬるい舌が、ねっとりとストッキング越しに肌を濡らした。

ゾクゾクと震えた花純の唇から、か細い声がこぼれだす。濡れた化繊の膜が肌に張り付き、はじめての感覚に肌の下の神経がざわつく。

直接舌で触れられるよりずっと官能的な感触に、秘処がジン……と痺れた。

膝頭から内腿へ舌が這い上がってくると、もう頭のなかは真っ白で、後頭部がストンとベッドの上に落ちきってしまう。きゅっと爪先が丸まって、利一の舌が動くたびに腰も揺れる。

走っているみたいに息があがって、前髪が張り付くほど汗ばんでいた。

「は、ぁっ……りい、ちさっ……」

助けて、と乞うように、彼の名を呼ぶ。

「可愛くお願いしたら俺が言いなりになると思ったら、大間違いだ」

意地悪く言って、利一は花純の脚をさらに大きく開かせた。ビリッ、とストッキングを破られる音が響き、彼の指がショーツの上から秘処を滑る。

「下着までこんなに濡らして。待てないのは君のほうだろう」

利一の指はじっとりと濡れたショーツをつぅーっと辿るのみで、彼を求めて恥ずかしげもなく愛液を溢れさせる蜜口にも、身を起こした蕾にも触れてくれない。もどかしさに、おかしくなりそう。髪がぐしゃぐしゃになるのも構わず、必死に首を左右に振った。

「んっ……ぅ、もっ、ぁっ……！」

今度は、指ではなく、舌がショーツの上から秘裂を辿った。

ショーツ越しの刺激は決して強くないのに、クラリとするほどの快感に喉が鳴る。新たに滲み出した蜜と唾液でクロッチ部分はぐっしょり濡れて、膨らんだ花芽にも張り付いている。その上を利一の舌が何度も掠め、ひっきりなしに甘えた声がこぼれだした。

もっと強くしてくれたら……雌の本能が腰を揺らして、もう待てないと彼に伝える。

それでも利一は、ゆるやかな快感しか与えてくれない。

「り、いちさっ……！」

もうダメだと伝えたいのに、言葉にならない。全身が性感帯になったみたいに、脇腹に触れられただけでゾクゾクと肌が粟立った。

泣くような声をあげながら身悶える花純の乳房に、長い指が沈み込む。痛いくらいに張り詰めた先端をぎゅうっと摘まれて、瞼の裏が赤く染まった。それだけの刺激でも、もう達してしまいそうだ。

「まだダメだ」

胸元に上がってきた彼の吐息にも、肌が焼かれる。長い指がクロッチをよけて蜜口から中へ入り込む。たった一本の指にも背筋がしなるほど感じてしまって、彼に胸を押し付けるような格好になっていた。濡れた口内に乳首を含まれて、いよいよ涙が溢れてくる。

解放されたい。達してしまいたい。

「う、ぁあっ……！」

「すごい締め付けだ。そんなにイキたいのか？」

必死に頷く。なにも考えられないほど乱れた花純のなかに、もう一本指が入り込む。

くちゅくちゅと中を掻き回す指は、知り尽くしているはずの好いトコロを狙ってくれない。泣きながら喘ぐ花純のなかから指が抜けたときには、もう何度も絶頂に押し上げられたときと同じくらい、体力を奪われていた。

けれど、あのとろけるような甘い余韻はどこにもない。

あるのは焦げ付くような、利一への渇望だけ。

「はぁ、はぁっ……」

胸を忙しなく上下させる花純の脚から、ストッキングとショーツが引き抜かれる。

やっと、やっときてくれる。カチャとベルトを外す音を聞きつけた体が、彼の腕を引っ張った。

「も、ぅ……してっ……」

濡れた瞳で懇願する花純自身が、利一の揺れる瞳に映っていた。

避妊具を着けている時間も待てない。早く彼を感じたい。

同じように待てなかったと伝えるみたいに、利一の体がすぐに覆いかぶさってくる。

「花純さん」

唇を重ねて、屹立の先端が蜜口に沈んでいく。

「う、あぁぁっ……！」

呑み込んだ質量に瞼の裏がチカチカと明滅して、背筋が震える。

隔たりのない利一の存在に、膣壁が戦慄いていた。荒い息を吐きながら、堪えきれないように彼が腰を揺する。

「先に謝っておく。たぶん、外に出すなんて器用なことはできない」

「んっ……は、んぁっ……！」

ズンと子宮口を押し上げられ、頷けたかどうかもわからない。またくる。今度はもっと大きな波。腰を送りはじめた彼にしがみつくと、背中に彼の腕がまわってきつく抱き返された。

「好きだ、花純さん」

ぬるついた蜜壺を蹂躙する剛直の猛々しさからはかけ離れた優しい声に、キュンと子宮が疼いて、ねっとりと媚肉が絡みつく。それに反応するように、彼のいきり立ったそこも質量を増した。

淫猥な水音とともに体が揺さぶられる。

ベッドが軋み、そこに絶頂へ向かっていく女の声が混ざっている。荒い呼吸はどちらのものとも判別がつかないけれど、執拗に花純の好いトコロを狙ってくる彼だって、今は情熱に呑み込まれている。

頭の芯も、爪先も、ドロドロに溶けてしまいそうに暑い。汗と涙でぐちゃぐちゃになりながら、きつく彼のシャツを握りしめた。

「りいちさ、んっ……！」

――真っ白だ。

ガクガクと震えながら達した花純の耳元で、利一がまた荒い息を吐きだした。ようやく与えられた激しい絶頂の余韻に、体から力が抜けそうになる。

とろけた花純を現実に引き戻すように、最奥をグンと突き上げられた。

「あぁぁっ……！」

「君は、ここも好きだったな……いつもより感じてるんじゃないか……っ――」

掠れた声が途切れたあとには、雄の息が吐きだされた。徐々に抽送が激しくなり、息つく間もなく喘がされてクラクラする。蜜道のお腹側を引っ掛けて引き出しては、また奥まで貫いて。花純を翻弄しながらも、彼自身も高まっているのを感じた。

弾け飛んでしまいそうな心臓が、血液とともに全身に彼への好きを送り出す。きゅうぅっと利一自身を締め上げながら、好きの気持ちを伝えようとするけれど、きっとそれだけでは足りない。もっとちゃんと、利一に想いを伝えたい。

「りいちさんっ……好き……」

抱き締める腕に力を込めて、低い声が花純を呼ぶ。

「花純さん……」

「う、あぁっ……りい、ちさっ……あっ、ぁ……好、きっ……」

花純のなかを満たす屹立がさらに張り詰め、彼の喜びを感じた。

こんなことで喜んでくれるなら、いくらでもあげる。加速していく律動に感じきった声をあげながら、彼の匂いを吸い込みながら、何度も何度も繰り返した。

「あっ、あぁっ……利一さ、んっ……すき、好きっ……」

「花純さん……好きだ……好きだ……」

心まで満たされて、汗でじっとりとした彼のシャツに鼻先を埋めた。もうお互いに、限界が近い。自然と唇が重なって、荒い息も好きの気持ちも貪り合うように絶頂に向かっていく。しがみつく花純の脚が利一の腰に絡みつき、彼の腰遣いがいっそう激しさを増す。

「ああ、花純さん……」

「い、っしょにっ……」

いつも彼が言うセリフを口にした途端、快感の高波にのまれた。瞼の裏が真っ白に染まり、体の内側が焼けつくほどの熱が奥の奥で迸った。

絞り出すように数回腰を揺する彼の動きにも、情けない声が漏れてしまう。

指先まで痺れる余韻にひたる花純を、利一はぎゅっと抱き締める。

「……好きじゃ足りない」

乱れた呼吸を整えながら、掠れた声が花純を呼んだ。

「花純さん……愛してる」

鼓動が甘く高鳴って、どうしようもなく頬が緩む。

幸せだ。好きな人が、愛してくれているのだから。

この気持ちを、彼にも知ってもらいたい。

怖くなるくらい愛してくれる利一の頬にキスをして、花純は小さく「わたしも」と答えた。

「――可愛すぎる……花純さん、君のせいだからもう一回」

「えっ⁉　ちょ、ダメっ……‼」

抵抗なんて意味もなく、服を脱ぎ捨てた利一に、花純はさんざん貪られることになるのだった――……


どれくらい時間が経ったのかもわからない。

ベッドに横になっていてさえ膝も腰もガクガクして、指一本動かすのも億劫だ。冷えた水を与えられたけれど、喉の嗄れはしばらくあとを引きそうな気がする。

「……花純さん」

抱き締める利一に、返事もできない。体の上にかけられたタオルケットすら重い。

「……悪かった。疲れただろう」

さすがにやり過ぎたと思っているのか、反省のセリフが聞こえてくるのがなんだか可笑しい。そう思うなら、もう少し手加減してもらいたかったものだ。

（わたしが家を出て行っちゃったせいもあるから、仕方ないけど……）

「怒ってるのか？」

「……疲れただけです……」

力なく笑った花純をまたぎゅうぎゅう抱き締めて、満足したあとにはいつものように髪を撫でる利一を、どういうわけだか可愛く感じる。

その理由は、たぶん——

（これのおかげ、かな）

利一の腕のなかで、花純は左手の薬指に嵌（はま）った指輪を眺めた。

きらめくプラチナとダイヤモンドは、彼からの愛情の証（あかし）に見える。

彼を失ったと思ったぶんだけ、ずっしりと重みが増している気がした。

「この指輪、いつ買ってくれたんですか？」

「君と指輪を見に行った次の日だ」

「えっ」

「君は俺のものだと、君が会う全員に主張したい。そのためには婚約指輪のダイヤは大きいほうがいい。でも、君は慎ましすぎて、小さなダイヤしか認めてくれない。君の知らない間に買ってしまえば、返品してこいとは言わないだろうと思ったんだ」

……この人は、また恥ずかしいことを言っている。

――君は俺のもの、だなんて。

こんなに大きなダイヤモンドでなくても、喜んで彼のものになるのに。

「よく似合ってる」

左手に彼の手が絡みついて、親指が指輪を撫でた。

大粒のダイヤモンドの価値が花純にはわからない。

これがお手頃価格のジルコニアだったとしても、きっと気付かないだろう。

その程度の審美眼しか持っていない花純にはもったいない気もするけれど、彼からの特大の愛情を表した指輪は、これまでもらったどんなプレゼントより嬉しい。

（でも、高かったんじゃ……）

ジュエリーショップで見た値段は目玉が飛び出すほどだったけれど、あの金額と同じくらいしたのだろうか。いや、もっと高いかもしれない。だったら半返しで破産が確定する。

「……お返し、ちゃんとできないかも」

「返しはいらない。君がいてくれたらそれでいい」

「っ……！」

カァッと顔が熱くなる。

二週間の別居期間を挟んだせいで、確実に花純の心の防御力は下がっている。

ただでさえ裸でくっつくなんて状況が久しぶりで恥(は)ずかしいのに、ストレートな甘い言葉を囁(ささや)かれたら、疲れた心臓がまた高鳴ってしまう。

「そ、そういうわけにはいきませんっ。わたしも、利一さんになにかあげたいし……」

「君以外に欲しいものはない」

「ちがっ……！　もうっ!!」

この人だけは!!　本当に!!

火が出そうな顔をプイッと背(そむ)けると、こめかみのあたりで利一が笑う気配がした。

「本当に君以外に欲しいものはない。君がいてくれるだけでいい」

首の下に差し入れられた彼の腕が動いて、優しく花純の体を引き寄せた。

「君といると、幸せな気持ちになる」

顔を見なくとも、脳裏には利一の幸せそうな笑みが浮かんでいた。

そんなふうに言われたら、こっちまで幸せな気分になる。

絡みついていた手に、ぎゅっと左手を握り込まれた。

「ずっと、側にいてくれるんだろう？」

「……はい」

迷いはなかった。

大企業の御曹司の嫁なんて、ド庶民の自分に務まるかは不安だけれど、彼の側にいることで彼が幸せだと言ってくれるなら、離れたりしない。

「……大切にします」

あなたを。

利一は、不思議そうな顔をしていた。

改めて言い直す勇気はまだなくて、花純はいそいそと左手を掲(かか)げて見せた。

「……すごくきれい」

9

七月三十一日。晴れ。

平日昼間の役所は混雑していて、出るときには駐車場がいっぱいだった。

「わぁ、混んでますね」

「本当だな。早めにきて正解だった」

婚姻届を提出するために、利一は今日会社を休んだ。

彼いわく、これまで私的な理由で会社を休んだことなんてないのだから、今日くらい許されてしかるべき、だそうだ。副社長がそれでいいのだろうかと思ったけれど、意外にも、舘入社長が賛成してくれたというから驚きである。

——あれから、いろんなことがあった。

レセプションパーティーの翌週には、広歌と優一が婚姻届を提出した。

意外にも広歌は『結婚式には興味ないのよね。もうドレスはさんざん着たし』と、結婚式も披露宴もせずに、親しい知人を招いての食事会で済ませてしまった。

彼女はきっと、一番欲しいものを手にして満たされたのだ。

花純と利一は、予定していたとおりに、六月末に結納を行った。

ここでも、意外な出来事が起こった。

なんと、万年係長止まりド庶民代表のような花純の父と、利一の父が野球話でまさかの意気投合をしたのである。

結納後はそのままホテルを見てまわり、九月の結婚式と披露宴がその場で決定した。

ド庶民の家庭に生まれ、ド庶民として育った花純の父と、舘入家の長男として、生まれながらエリート街道を歩んできた利一の父に共通点があるとは思わなかったけれど、そのおかげで、花純はさしたる苦労もなく入籍日を迎えることができた。

田中はグラシューを解雇された。小金沢のその後についても敢えて触れないほうがいい気がして、あれから彼らがどうなったのか、花純は知らない。

そして、相澤が再婚した。

相手はレセプションパーティーで出逢った舘入商事の社員で、もともと二人は幼馴染(おさななじみ)だったそうだ。再会したひと月後に入籍してしまったのだから、人生、なにがあるかわからない。

それにしても、この話をしたときの利一の喜びようは、いったいなんだったのだろう？

（まぁ、いいけど！）

利一の車の助手席に乗り込んで、シートベルトを締める。

車内は暑いけれど、エアコンが回りはじめると冷風が肌を冷やして心地いい。

「お昼を食べたらドレスの試着ですけど、本当に利一さんも行くんですか？」

「もちろんだ。ウェディング事業部の現場を確認しておきたい」

それは試着ではなく視察なのでは……？

同業者かつ大企業の副社長がお客様としてやってくるなんて、スタッフの気苦労が思いやられる。

できるだけ側にいて、彼をニコニコさせておかなければ。

「それに、無事入籍したことを君のご両親にも報告したい」

さっき提出してきた、婚姻届。

まだまだ手続きはいろいろと残っているけれど、今日晴れて、瀬村花純は舘入花純になったのだ。

（なんか、へんな感じ……）

昨日までとなにも変わっていない気がするのに、今日から利一は恋人でも婚約者でもない。

彼と、家族になった。

（……やっぱり、へんな感じ）

面映（おもは）ゆい。きっと周囲から見れば、今の花純は浮かれているのが丸わかりだろう。

ウェディングドレスの試着では、もう少し落ち着いていられるようにと気を引き締めながら、花純はふーっと長い息を吐いた。

この浮かれた顔が利一の妻だと思われるのは、いくら新婚でも恥（は）ずかしい。

（いやいやいや……考えれば考えるほど……）

頭のなかには新婚やら新妻やらと、次から次へと幸せな単語が……

「花純」

「…………っ——!!」

カァッと顔が熱くなる。首がもげそうな勢いで運転席を見てみると、いつもの幸せそうな顔で利一が目を細めている。

「どうした？」

「いっ……、今……！」

「結婚したら、君がうんざりするほど名前を呼ぶと言っただろう？　俺は、言ったことは守るタイプだ」

だからって!!　こっちにも心の準備が!!

「それに、君を手放さないとも言った。君だけだとも。どちらも撤回する気はないから、諦めてくれ」

顔を熱くする花純に、利一は身を乗り出して軽くキスをする。

「行こうか、花純」

「もうっ………!!」

花純がついっとそっぽを向くと、利一は悪戯が成功した子供のように笑って車を出した。

この人だけは本当に!!

すぐにこっちが照れてしまうようなことを平気で言ってくるんだから!!

だけどそういうところも含めて――――大好きだっ!!

書き下ろし番外編

とろあま家族計画

「わぁぁ～映画のセットみたい……！」

はじめて訪れた住宅展示場の様子に、花純は驚きの声をあげた。

たっぷりと間隔をあけて建てられた立派な家々が並ぶ光景は、映画で見た海外の街並みのようだ。実はこの場所で撮影した映画があるんですよと言われたら、うっかり信じてしまうかもしれない。

――それは、すっかり寒くなりはじめた十月も終わりのことだった。

「週末に、住宅展示場に行こう」

利一が唐突にそんなことを言いだした。

「このマンションは広くない。ずっとここで暮らすわけにもいかないだろう。だから、家を建てようと思ってる。花純が暮らしやすい家にしたいから、実際に見に行って、意見が聞きたい」

花純の実家の倍も部屋数があるマンションを「広くない」なんて断言する利一の価値

観にはついていけないけれど、自分たちの持ち家には憧れる。

それに、ちょっと前までの彼なら「俺たちの新しい家を建てた」と事後報告して花純の度肝を抜いていたかもしれない。いや、「もう引っ越しも済ませてある」くらいのことは言い出しかねない。

そう思うと、事前に相談してくれたことは嬉しい。

なんでも強引に進めていってしまう彼が、今は花純のペースに合わせてくれている。

十一月最初の日曜日。

お昼過ぎの住宅展示場は子供連れの家族も多くて、入り口のゲート付近には動物と触れ合える出張牧場が来ていたり、アンケートを実施している受付の側で風船を配ったりしていて賑わっていた。

子供たちが軒先のブランコに群がる一番はじめのモデルハウスに入ってみると、リビングの天井が吹き抜けになっていて、花純は「わぁ……」と感嘆の声を漏らした。

「広い……」

「そうだな。最低でもこれくらいの広さは欲しい」

「いや、このモデルハウス、一般的な感覚からしたら十分立派ですからね……。利一さんのお家と一緒にしたらダメですよ」

一般家庭のポーチには、ブランコなんて設置されていない。けれど、車が十台も停められる車庫のある家で生まれ育った利一には、これくらいの家は庶民的な部類に入るのだろう。

「さすがにうちほど広くなくていい。あの家は、人の気配が感じられない——それこそ、花純が怖がりそうだ」

「怖がらないからっ」

花純がはじめて舘入家に挨拶に行ったときは、それは驚いたものだった。

公共施設かと思うくらいの立派なゲートが守る家は、広すぎて家という印象が薄かった。生まれ育った本人ですら、「人の気配が感じられない」と言うくらいだ。

けれども今の利一の反応からすると、彼のマイホームのイメージ像は、実家より狭く、この立派すぎるモデルハウスより大きな戸建てなのだろう。

(利一さんに任せておいたら、とんでもない家を建てるって言いそう……)

自分の知らない間に大豪邸のプランが完成してしまいそうな気がして……花純は妙な緊張感を覚えたのだった。

「シアタールームは外せない」

「確かに！　今のマンションにある設備は、欲しいかも……？」

モデルハウスを隅から隅まで見て回ると、すっかり日が暮れていた。

最後の一軒を出て、ゲートのほうへと歩きながら、互いに感想を伝えあう。長い影が伸び、冷たい風が吹く冬の夕暮れは、なんだかもの寂しい雰囲気だ。

けれど、未来の想像に、花純の胸は温かい気持ちで溢（あふ）れていた。

「キッチンはどうだった？　こだわりはないのか？」

「うーん……キッチンは今の広さで満足してるし、機能も今くらいあったら十分。あっ、でも、パントリーでしたっけ？　ゾンビ映画で、生き残った人たちが民家で食料を見つける小さな倉庫っぽいところ。あれはちょっと憧（あこが）れるかも！」

「ああ、パントリーだな。あれを見たとき、俺も『ライト・オブ・ザ・デッド』を思い出した」

「利一さんも？　わたしも同じ映画思い出したの！」

有名なゾンビ映画の感想に脱線しながら、パントリーは広さに余裕がありそうなら作ろうということで話がまとまった。

「利一さんの書斎は？　広いほうがいいんじゃないんですか？」

「そうだな。今よりもう少し広くてもいい。それに、あのマッサージチェアも置きたい」

「あれは、寝室に置いておいてください……！」

寝室に置かれている、映画やアニメに登場する巨大ロボットのコックピットみたいなマッサージチェアは、花純も週に一度お世話になっている。

あれなしの生活にはもう戻ることなどできない……。

「花純のお願いなら、聞かないわけにはいかない」

利一はなんだか楽しそうで、それがなんだかむずがゆくて、花純はついっと前を向いた。

「バスルームとベランダは？　こだわりがあるんじゃないのか？」

どのモデルハウスでも、花純は必ずお風呂場とベランダを確認していた。

隣で首を傾（かし）げる利一を見上げて、花純は神妙な顔になる。

「わたし、今日わかりました。いい家を作る極意は、動線です」

洗濯物を干すなら、日当たりのいい二階がいい。しかも、外から洗濯物が見えないような作りが望ましい。

そして、お風呂場が一階にある場合は、バスタオルや汚れ物は必然的に一階に溜まることになる。二階のベランダに洗濯物を干そうと思ったら、毎日階段を上り下りしなければならないのだから結構な重労働だ。乾燥機で済ませる手もあるけれど、やはり天気のいい日には、外に干したくなるかもしれない。

そういった位置関係や動線の重要性に、今日はじめて気が付いた。それだけでも大きな収穫だ。

「エレベーターをつけたらどうだ？」

「利一さんの実家じゃないんだから、エレベーターなんていりませんっ。わたしはもっと――」

こぢんまりした家でいいんです、と言いかけたそのとき、花純たちの目の前を、赤い風船がヒュッと横切った。

ちょうど花純の視線の高さを真横に走って行った赤い風船。

自然と足を止め、風船を引っ張る糸を辿(たど)って目線を下げていく。

花純たちの前を横切ったのは、五歳くらいの小さな女の子だった。

「こらっ、急に飛び出したらだめじゃないの！――すみません」

ベビーカーを押した女性が、ぺこりと花純たちに頭を下げた。彼女は風船を持って駆けていく女の子を再度「こらっ」と窘(たしな)めたが、肝心の女の子は、彼女のお兄ちゃんと思(おぼ)しき男の子の手を引いた父親に向かって最短距離で走っていってしまう。

「ふふっ」

微笑ましい光景に、思わず笑みが漏れる。

（小さい子って目が離せないけど、可愛いなぁ）

立ち止まったまま利一を見上げると、彼も同じように花純に視線を向けていた。温かい目と、幸せそうな表情。

未来に思いを馳せるような、やわらかな眼差しに胸がドキリとする。

自分のなかでぼんやりとしていた未来が、どんどんはっきりしていくような。

（そっか、利一さんは……）

建物としての家じゃなくて、自分の家族を作っていこうとしている。

急に鼓動が駆け足になって、体の内側がくすぐったい。

「君が、過ごしやすい家にしよう」

「……わたしだけじゃなくて、利一さんも、過ごしやすい家にしましょうね。……家族みんなで、一緒にいるって、毎日感じられるような家」

「そうだな」

彼の手がそっと花純の手に触れる。

急かす気はないと伝えてくれているような気がしたけれど……自分も同じ気持ちでいると応えるように、花純もギュッと彼の手を握り返した。

◆　◇　◆

かすかな物音を感じて、花純は浅い眠りから目を覚ました。

「悪い、起こしたか」

ひそめた声の利一を見上げて、花純は小さく首を横に振る。

「おかえりなさい」

帰宅して着替えた彼が真っ先にやって来るのは、いつも決まってこの和室だ。それは花純が起きてリビングにいても、この部屋で眠っていても変わらない。

布団の隅に腰を下ろした彼は、花純の隣で眠る息子の、小さな手を撫でる。ぎゅっと握った小さい拳(こぶし)を指先で撫でられても、三ヶ月になったばかりの拓斗(たくと)はピクリともしない。

我が子の寝顔に、利一の表情がどんどんやわらかくなっていく。

それを見ていると、花純の胸の奥は、またじんわりと温かくなる。

――はじめての結婚記念日の一週間前に、利一と花純のマイホームは完成した。住宅街に構えた新居に速(すみ)やかに引っ越し、生活の基盤を整え、そして秋には男の子が産まれた。

周囲からは、出産前の大変なときに急いで引っ越さなくてもと言われたけれど、完成した新居で子供を育てていきたかった。

それが、自分たちにとって重要なことだと思ったのだ。

家庭を、この家で築いていく。

この家を建てはじめたときから、花純は密かにそう決めていた。

「この土日は、二日とも休みが取れた」

引き戸で間仕切った和室からリビングに移動した二人は、ソファに並んで座り、温かい麦茶を飲んでいる。

テーブルに置いたベビーモニターで拓斗の様子を確認しながら、こうして二人きりで話すのは、大切な夫婦の時間だ。

拓斗が泣いたらすぐに聞こえる距離にいるからこそ、ゆっくりできる。

「じゃあ、久しぶりにゆっくりできますね」

「そうだな。だから、明日の昼は、拓斗は俺が見ておくから、花純は久しぶりに映画を見るとか、好きなことをするといい」

「え……」

「せっかく作ったシアタールームを使わないのはもったいない。それに、花純の禁断症状が出ると困る」

「人を中毒者みたいに言わないでっ。でも、利一さん、疲れてるのに……」

「拓斗に父親だと認識されなくなったら困る」

利一は冗談みたいに言うけれど、自分を気遣ってくれているのだ。

（でも、でも……）

自分より、働き詰めの利一のほうが疲れていると思う。

それでも、はじめての子育ては手探りのことばかりで、一瞬も気を緩められない緊張感がずっと続いていて、自分の時間が欲しかったことも確かだ。

迷った花純に、利一がふっと笑って手を伸ばした。

「花純、おいで」

胸がドキッと高鳴った。

甘い瞳に抗（あらが）えなくて、花純の体はソファの上をずりずりと移動し、利一の腕の中に辿（たど）り着いた。

上体をひねって向かい合うように抱き締められ、鼻先に彼の肌が触れる。大好きな匂いに、思わず頬擦りしたくなる。

大きな手に髪を撫でられ、胸の奥が痺（しび）れるくらいの愛情が伝わってくる。

「花純が、世界で一番可愛い」

……この人は、また恥ずかしいことを言って。

もう恋人ではなく、夫婦なのに。

まるで付き合いたての恋人みたいな甘い言葉を、これでもかと注いでくるのは変わらない。

「…………わたし、もう一児の母なんですけど」

「関係ない。俺にとって一番可愛いのは君だ。それはずっと変わらない」

恥ずかしいのに……愛情を、言葉にしてくれるのが嬉しい。

頭のてっぺんにキスが落ちてきて、何度も髪を撫でられていると、心も体もとろとろに溶けていってしまいそうだ。

抱き合っているだけで、鼓動が駆け足になっていく。腰の内側が熱を帯びて、もっと触れ合いたいと感じるけれど――

「花純……」

艶っぽい低音が、お腹の奥まで響いていく。顔をあげたら、きっと搦めとられてしまう。彼の胸に頬を寄せたまま、ぎゅっと彼の寝間着のトレーナーを握る。髪を撫でていた大きな手が止まり、そっと花純の耳の裏を撫でた。

「嫌ならしない」

「…………嫌じゃ……なくて……」

産後の経過は良好で、夫婦生活を送るのに問題はない。

だから、そうではなくて……

「まだ……お腹とか、戻ってないから……」

「痛むのか？」

「そうじゃなくて……まだ、ぽよんと……してて……」

それも、結構。

予想していたよりも、ずっと。

俯いたままだった花純の顎に彼の指がかかり、クイと上向かされた。

「花純、心配しなくていい。俺は、君が褌を締めていても欲情できる」

いつになく強い光を湛える利一の眼差しに射抜かれて——花純は思わず噴き出した。

そうだ。そうだった。この人はこういう人だ。

いつも予想の斜め上をいく。

浮かんだ涙を拭いながら、花純は彼の背中にためらいがちに腕を回した。

「……利一さん、好きです」

「花純、愛してる」

わたしも——応えた唇に、優しく彼の唇が重ねられる。

家族になっても、変わらず花純を愛してくれる。

ときどき理解不能なことを言いだしたり、強引なことをしたりもするけれど——

彼のそういうところも……大好きだ。

恋愛小説「エタニティブックス」の人気作を漫画化!
EC
Eternity COMICS
結婚なんてお断りです!
漫画 山吹イロ
原作 立花吉野
き……今日会ったばかりでこういうの
よくないから……
ああああ何言ってるのわたし……!!
わたしが
安心していい
俺は君が襷をしめていても欲情できる
俺から二週間も君を取り上げた君が悪い
んうっ…
ん
突然、大企業の社長子息・舘入利一とのお見合いに駆り出された花純。ところがその日は、SNSで知り合った男性と初めて会う大切な約束の日だった。お見合いを手っ取り早く済ませたいものの、お相手は遅刻した上に人の話を聞かない最悪男！　キレた花純はきつく言い返し、ずっと楽しみにしていた約束の待ち合わせに向かう。ところがなんと、そこにやってきたのはさっきの御曹司で……!?
B6判　定価：本体640円＋税　ISBN 978-4-434-27766-5

優しい保護者が旦那様に

エタニティ文庫・赤

年上幼なじみの若奥様になりました

葉嶋ナノハ　　装丁イラスト／芦原モカ

文庫本／定価：本体640円＋税

憧れの幼なじみと結婚し、幸せな新婚生活を送る蒼恋（あおこ）。幸せいっぱいの新婚生活がめでたくスタートした。甘〜い日々はとっても幸せ♥　とはいえ、頼りっぱなしで何もできない奥さんにはなりたくない。私なりに夫を支えたい！　そう思った蒼恋は、ある作戦を立てることに。

※エタニティブックスは大人の女性のための恋愛小説レーベルです。ロゴマークの色で性描写の有無を判断することができます（赤・一定以上の性描写あり、ロゼ・性描写あり、白・性描写なし）。

詳しくは公式サイトにてご確認ください。
https://eternity.alphapolis.co.jp

携帯サイトはこちらから！

鳴海優花（なるみゆか）には、学生時代ずっと好きだった男性がいた。その彼、小鳥遊（たかなし）に大学の卒業式で告白しようと決めていたが、実は彼には他に好きな人が……。失恋しても彼が心から消えないまま時は過ぎ二十九歳になった優花の前に、突然小鳥遊が！　再会した彼に迫られ、優花は小鳥遊と大人の関係を結ぶことを決め――

B6判　定価：本体640円＋税　ISBN 978-4-434-27513-5

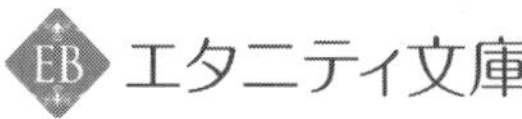

すれ違いのエロきゅんラブ

エタニティ文庫・赤

片恋スウィートギミック

綾瀬麻結（あやせまゆ）　装丁イラスト／一成二志

文庫本／定価：本体 640 円+税

学生時代の実らなかった恋を忘れられずにいる優花（ゆか）。そんな彼女の前に片思いの相手、小鳥遊（たかなし）が現れた！　再会した彼は、なぜか優花に、大人の関係を求めてくる。躯（からだ）だけでも彼と繋がれるなら……と彼を受け入れた優花だけど、あまくて卑猥な責めに、心も躯も乱されて……!?

※エタニティブックスは大人の女性のための恋愛小説レーベルです。ロゴマークの色で性描写の有無を判断することができます（赤・一定以上の性描写あり、ロゼ・性描写あり、白・性描写なし）。

詳しくは公式サイトにてご確認ください。
https://eternity.alphapolis.co.jp

携帯サイトはこちらから！

本書は、2019年2月当社より単行本として刊行されたものに、書き下ろしを加えて文庫化したものです。


この作品に対する皆様のご意見・ご感想をお待ちしております。

おハガキ・お手紙は以下の宛先にお送りください。

【宛先】

〒150-6008 東京都渋谷区恵比寿4-20-3 恵比寿ｶﾞｰﾃﾞﾝﾌﾟﾚｲｽﾀﾜｰ 8F
（株）アルファポリス　書籍感想係

ご感想はこちらから

メールフォームでのご意見・ご感想は右のＱＲコードから、
あるいは以下のワードで検索をかけてください。

アルファポリス　書籍の感想　検索

エタニティ文庫

結婚なんてお断りです！～強引御曹司のとろあま溺愛包囲網～

立花吉野

2020年9月15日初版発行

文庫編集－熊澤菜々子・塙綾子
発行者－梶本雄介
発行所－株式会社アルファポリス
〒150-6008 東京都渋谷区恵比寿4-20-3 恵比寿ｶﾞｰﾃﾞﾝﾌﾟﾚｲｽﾀﾜｰ8F
TEL 03-6277-1601（営業） 03-6277-1602（編集）
URL https://www.alphapolis.co.jp/
発売元－株式会社星雲社（共同出版社・流通責任出版社）
〒112-0005 東京都文京区水道1-3-30
TEL 03-3868-3275
装丁イラスト－氷堂れん
装丁デザイン－ansyyqdesign
印刷－株式会社暁印刷

価格はカバーに表示されてあります。

落丁乱丁の場合はアルファポリスまでご連絡ください。

送料は小社負担でお取り替えします。


ISBN978-4-434-27866-2 C0193